Reinhard Staubach

Das Fledermaus-Sportfest
Illustrierte Erzählungen
aus dem Reich der Fabeln

Reinhard Staubach

Das Fledermaus-Sportfest

Illustrierte Erzählungen
aus dem Reich der Fabeln

Reinhard Staubach
Das Fledermaus-Sportfest
Illustrierte Erzählungen aus dem Reich der Fabeln

2. Auflage

© Copyright by Reinhard Staubach
Ebersbach-Musbach, 2015
Alle Rechte vorbehalten

Umschlaggestaltung, Text und Illustration:
Reinhard Staubach

Herstellung und Verlag:
BoD - Books on Demand, Norderstedt

Nachdruck und Vervielfältigung jeder Art, auch auf Bild-, Ton-, Daten- und andere Träger, insbesondere Fotokopien (auch zum privaten Gebrauch), sind nicht erlaubt und nur nach vorheriger schriftlicher Absprache mit dem Autor möglich.

www.reinhard-staubach.de

ISBN 978-3-7392-0894-7

Borki will den Winter sehen

„Wozu brauchen wir denn so viel neues Heu in unserem Schlafsaal?", fragte Aski, das kleine, braune Murmeltier, als seine Mutter wieder aus der Höhle heraus kam, in die es gerade einen Ballen Heu geschleppt hatte.
„Für den Winterschlaf", erklärte die Mutter. „Nächste Woche legen wir uns alle zum Winterschlaf hin."
Aski war aber noch sehr jung. Erst diesen Sommer wurde er geboren und kannte noch keinen Winter und keinen Winterschlaf. Bereitwillig erklärte ihm die Mutter, dass alle Murmeltiere den ganzen Winter über in ihrem Schlafsaal schlafen. Der Winter sei nämlich die kälteste Zeit des Jahres. Dann läge draußen eine dicke Schneedecke und alle Teiche und Seen wären zugefroren. Nirgends würden sie Gras oder Pflanzen zum Fressen finden. Kurz: Der Winter sei sehr gefährlich und nichts für Murmeltiere. Deshalb legten sie sich alle schlafen.
Aufgeregt rannte Aski daraufhin zu seinem Freund Borki.
„Du, hast du schon gehört, nächste Woche fangen wir mit dem Winterschlaf an?"

„Ja", sagte Borki gelangweilt. „Mein Vater hat mir heute morgen alles erklärt. Ich wüsste doch zu gerne, ob das wirklich stimmt mit dem vielen Schnee, der hier auf unserer Wiese liegen soll. Und ob der Teich unten am Hang wirklich zufriert und dann hart wie ein Felsen ist, so dass man darauf herumlaufen kann? Glaubst du das wirklich?"

„Ja, warum denn nicht?"

„Weil noch keiner von unserer Familie den zugefrorenen Teich gesehen hat. Und darauf hergelaufen ist erst recht keiner. Die erzählen nur alle davon. Ich möchte aber sehen, wie der Teich hart wird, und ich möchte darauf herumlaufen. Das wäre doch toll. Machst du mit?"

„Ich weiß nicht", sagte Aski und zupfte an seinen Schnurrhaaren. „Meine Mutter hat gesagt, dass der Winter sehr gefährlich für Murmeltiere ist."

„Ach was." Borki wandte sich ab und ließ sich einfach den Hang hinunter kullern.

Aski folgte ihm. Sie spielten wie sonst den ganzen Tag zwischen den Felsen und erhielten von einem Wanderer, der an ihnen vorbeikam, jeder einen süßen, knusprigen Keks zu knabbern. Sie redeten nicht mehr über den Winterschlaf. Aber für Borki stand fest, er würde nicht einfach den ganzen Winter verschlafen.

In der folgenden Woche versammelte sich die ganze Murmeltiersippe im großen Schlafsaal der Höhle. Ein dicker Heuteppich bedeckte den Boden. Carlo, ein altes graues Murmeltier, war der Häuptling der Sippe. Er teilte jedem seinen Schlafplatz zu. Die jungen Murmeltierkinder erhielten einen Schlafplatz ganz in der Mitte des Saales. Die älteren Tiere legten sich dicht um die Kleinen herum. Das passte Borki aber gar nicht. Er wollte lieber einen Schlafplatz am Rande der Gruppe. Nur ungern kam der alte Häuptling seinem Wunsch nach.

Borki hatte sich nämlich vorgenommen, zu warten, bis alle eingeschlafen waren. Dann wollte er aufstehen, hinausgehen und sich den Winter ansehen. Wenn er aber erst über alle anderen Murmeltiere hinübersteigen müsste, würde er sie bestimmt aufwecken, und sie würden ihn nicht fortlassen.

Es dauerte einige Tage bis Borki den Eindruck hatte, dass alle von der Sippe fest schliefen. Vorsichtig stand er auf und kroch leise die Röhre zum Ausgang hinauf. Der Ausgang war mit einer Mauer aus Lehm verschlossen. Doch das war für Borki kein Hindernis. Mit seinen scharfen Krallen hatte er die Mauer schnell eingerissen und trat ins Freie. Ein eisiger Wind schlug ihm entgegen und ließ ihn nach Luft schnappen. Der Himmel war grau, und kleine weiße Flocken fielen herab. Dann sah er sie, die Wiese auf ihrem Hang. Sie war ganz weiß und

glatt und roch ganz anders als im Sommer. Auch unten, wo sonst der Teich in der Sonne glitzerte, war jetzt eine blaugraue glatte Fläche. Begeistert sprang Borki auf und ließ sich den Hang hinunterrollen, wie er es so oft im Sommer getan hatte. Der Schnee war viel weicher als das Gras und die Felsen, auf denen er sonst hinunterrollte. Das machte Spaß. Und wie der Schnee aufwirbelte, als er zum Teich rannte.

Vorsichtig tippte Borki mit der einen Pfote auf die Stelle, wo sonst das Wasser war. Tatsächlich, die glatte Fläche war hart. Mutig trat Borki auf das Eis - und fiel sogleich auf die Nase. Erst nach einigen Versuchen schaffte er es, sich auf die beiden Hinterpfoten zu stellen. Aber dann hatte er es schnell heraus, wie man sich auf dem Eis bewegen musste ohne hinzufallen. Tollkühn schlitterte Borki über den Teich. Seine Bahnen wurden immer länger. Der nächste Anlauf sollte ihn bis in die Mitte des Teiches bringen. Plötzlich knackte es. Borki sah sich um. Was war das? Da knackte es wieder. An seinen Pfoten spürte Borki Wasser. Es quoll aus einem Spalt zwischen seinen Pfoten. Entsetzt wollte Borki davonrennen. Doch er rutschte aus. Mit seinen Hinterpfoten rutschte er in den Spalt und konnte sich nur noch im letzten Augenblick mit den Krallen der Vorderpfoten am Eis festhalten. Sein ganzer Körper steckte jetzt im Wasser. Borki nahm all seinen Mut zusammen, krümmte sich und machte einen Satz aus dem Wasser aufs Eis. Das Eis knackte wieder unheimlich. Borki rannte so schnell er konnte zum Ufer. Erschöpft ließ er sich auf dem Schnee nieder. Sein ganzer Pelz war jetzt nass. Borki begann vor Kälte zu zittern.

„Ich muss wieder in den Schlafsaal", sagte Borki leise. „Der Winter ist doch zu kalt für Murmeltiere."

Borki begann den Hang zum Höhleneingang hinauf zu klettern. Doch er rutschte auf dem Schnee immer wieder aus und kullerte den Hang hinunter. Nach vielen Versuchen erreichte Borki schließlich völlig erschöpft den Höhleneingang. Aber, oh Schreck, der Höhleneingang war wieder zugemauert. Borki hatte keine Kraft mehr, die Mauer aufzukratzen. Hätte er doch bloß auf seinen Vater gehört, der ihn vor dem Winter gewarnt hatte. Mutlos sank Borki vor dem Höhleneingang zusammen.

Kurz nachdem Borki nämlich den Schlafsaal verlassen hatte, war der alte Häuptling Carlo aufgewacht. Der kalte Windzug vom Höhleneingang hatte ihn geweckt.

„Nanu", hatte Carlo zu sich selbst gesagt, „habe ich den Eingang nicht richtig zugemauert?"

Carlo war daraufhin zum Eingang gekrochen und hatte die eingerissene Mauer entdeckt. Schnell hatte er sich ans Werk gemacht und den Eingang wieder verschlossen.

Dass ein Murmeltier aufgestanden und in den Winter hinausgegangen sein könnte, auf den Gedanken kam der alte Carlo gar nicht. So dumm konnte kein Murmeltier sein. Und da es im Schlafsaal stockfinster war, bemerkte er auch nicht, dass Borki fehlte.

Aski schlief indessen fest zusammengerollt in der Mitte des Schlafsaales. Um ihn herum schliefen die übrigen Sippenmitglieder. Er hatte es schön warm. Doch plötzlich erwachte Aski. Er musste zur Toilette. Die Toilette befand sich in einer anderen Höhle, zu der ein Gang führte. Vorsichtig stieg Aski über die schlafenden Murmeltiere. Er musste auch an Borkis Schlafplatz vorbei. Der hatte ja unbedingt am Rande schlafen wollen. Doch Borkis Schlafplatz war leer.

„Borki!", rief Aski leise.

Nichts war zu hören.

„Borki!", rief Aski lauter.

„Wer macht da so einen Lärm?", der alte Carlo war wach geworden.

„Borki ist weg!", schrie Aski jetzt entsetzt.

Auch die anderen Murmeltiere wachten nun auf. Der alte Carlo erinnerte sich an die eingerissene Mauer.

„Dieser Lausebengel", entfuhr es dem grauen Häuptling.

Er kroch zum Eingang und riss die frische Lehmmauer wieder ein. Da lag Borki, den Pelz voller Schnee und Eis. Er sah aus wie tot und konnte sich nicht mehr bewegen.

Carlo schleppte Borki in den Schlafsaal. Alle Murmeltiere waren froh, dass er wieder da war. Aber am meisten freute sich Aski, dass sein Freund noch lebte.

Der alte Carlo verschloss wieder den Eingang und sagte: „Legt euch alle wieder schlafen. Der Winter ist nichts für Murmeltiere."

„Wie war es draußen?", wollte Aski von seinem Freund wissen.

Doch Borki zitterte immer noch am ganzen Körper und konnte nicht sprechen.

Die Murmeltiersippe nahm Borki in die Mitte. Sie wärmten ihn auf und legten sich wieder schlafen. Diesmal blieb Borki liegen und nahm sich vor, erst wieder im Frühling aufzustehen.

Drei Eicheln für Paule

„Sag einmal", rief das Eichhörnchen zu seiner Frau Susanne hinüber. Mit einem riesigen Satz sprang es von der Tanne auf den Baum, wo seine Frau saß. „Hab ich das geträumt, oder hab ich das wirklich gesehen?"

„Was meinst du, mein lieber Egon?" Sie sah ihn unschuldig aus ihren großen, runden, schwarzen Augen an.

„Tu nicht so scheinheilig!" Mit einem weiteren Satz saß er vor Susanne auf dem dicken Ast der Eiche. „Wieso hast du eben drei Eicheln in das Vorratslager von Paule gebracht?"

„Wer, ich? Da musst du geträumt haben Egon." Sie richtete ihren buschigen Schwanz leicht geschwungen auf und sah nun besonders hübsch aus.

Paule war ein alter Eichhornkater, der in den letzten Jahren vergeblich alle weiblichen Eichhörnchen in der Umgebung zu betören versucht hatte. Doch weil er immer träge in der Sonne lag, wollte keine seine Frau werden. Deshalb war er immer noch Junggeselle.

„Ich wünschte, ich hätte geträumt." Egon schaute seine Frau durchdringend an. „Bist du mir untreu? Hast du ein Verhältnis mit Paule?"

Entsetzt zitterte Susanne kurz mit ihrem Schwanz. „Du spinnst wohl! Ich und Paule. Der hat doch nicht alle Nüsse im Schrank."

„Aha, und deshalb bringst du ihm ein paar. Da müh ich mich ab, uns ein gutes Vorratslager für den Winter anzulegen. Und was macht meine Frau? Sie füllt das Lager meines stinkfaulen Nachbarn auf. Wie hat er es geschafft, dieser Tagedieb, dich herum zu kriegen. Los raus mit der Sprache. Ich will jetzt alles wissen. Wenn ich mit dir fertig bin, will ich dich nicht mehr sehen. Dann kannst du zu ihm ziehen."

Der letzte Satz klang nicht nur bedrohlich, er löste augenblicklich Tränen bei der Eichhörnchenfrau aus. Sie hielt die kleinen Pfoten vors Gesicht und begann zu schluchzen.

„Hör mit dem Geplärre auf!", fauchte Egon sie an. „Das hättest du dir früher überlegen sollen!"

„Ich kann doch nichts dafür", begann Susanne zu jammern.

„Aha!", tönte er verächtlich und verschränkte die Arme vor der Brust.

„Ich, ich hab doch nicht geahnt, dass es ein Feuer geben könnte." Ihre letzten Worte gingen im Heulen unter.

Egon dachte, sie spräche vom Feuer der Liebe und hatte schon keine Lust mehr, sich den Rest des Geständnisses seiner Frau anzuhören. Als sie dann von plötzlich auflodernden Flammen sprach, reichte es ihm.

„Hau schon ab! Ich will dich nie wieder sehen!" Er drehte ihr den Rücken zu.

„Aber", schluchzte sie. „Es ist doch gar nichts zwischen mir und Paule. Wenn ich doch die Streichhölzer nur nicht gefunden hätte."

Eine scheinbar unendliche Zeit saßen beide still auf dem Ast der alten Eiche. Dann drehte Egon sich wieder zu ihr um und fragte: „Was war mit den Streichhölzern?!"

Unter erneuten Tränen erfuhr Egon von seiner Frau, dass sie letztes Jahr im Sommer auf dem Weg am Waldrand ein Päckchen Streichhölzer gefunden hatte. Nie zuvor hatte sie so ein Päckchen gesehen. Sie hatte auch gar nicht gewusst, das es gefährlich sei, mit Streichhölzern zu spielen. Und nun begriff Egon, was vorgefallen sein musste. Offenbar hatte seine Frau den großen Waldbrand drüben im Tal ausgelöst. Paule hatte sie dabei beobachtet und erpresste sie nun. Denn es war nie heraus gekommen, wodurch das Feuer entstanden war. Egon schlug die Pfoten über dem Kopf zusammen. Wie konnte seine Frau nur so einfältig sein.

„Wieso hast du denn die Flamme nicht gleich ausgetreten, als sie noch klein war?", brüllte Egon seine weinende Frau an.

„Es war nicht klein, es war gleich ein riesiges Feuer."

„Quatsch. Jedes Feuer beginnt ganz klein!"

„Als ich genug mit den Streichhölzern gespielt hatte, hat es auch noch gar nicht gebrannt. Die kleinen Hölzchen lagen einfach nur so auf dem Boden umher. Erst als ich wieder auf den Baum sprang, weil Paule auftauchte, da hat es plötzlich gebrannt. Und er hat gesagt, dass ich den Wald angesteckt habe. Und wenn es heraus kommt, würden mich alle davon jagen. Aber wenn ich ihm jeden Tag etwas leckeres zu fressen brächte, würde er den Mund halten."

„Wie, es hat noch nicht gebrannt, als du die Streichhölzer liegen ließt?", fragte Egon.

„Nein, ich bin die vertrocknete Fichte hinauf geklettert und wollte gerade zur Linde hinüber springen, als ich kurz zurück blickte. Da sehe ich von unten Qualm und Feuer, und Paule kommt herauf gehetzt und schreit: 'Was hast du bloß angestellt! Es brennt!'"

„Dieser Halunke", zischte Egon zwischen seinen scharfen Nagezähnen hervor. „Und es ist sicher, dass du kein Streichhölzchen an der rauen Seite des Päckchens entlang gezogen

hast, wodurch das Hölzchen zu brennen begann?"
„Nein, ich habe nur so die Hölzchen auf dem Boden hin und her geschoben. Dabei gab es keine Flamme."
„Paule hat also das Feuer angezündet, und dir eingeredet, du hättest es getan. Na warte!"
Mit einem riesigen Satz sprang Egon davon. Wenige Minuten später versammelten sich alle Tiere des Waldes vor der alten Kastanie, in der Paule wohnte. Er staunte nicht schlecht, als die Wildschweine zu ihm herauf grunzten. Auch die Füchse, die Kröten, die Rehe und Igel waren gekommen. In den Bäumen saßen die Vögel. Rotkehlchen, Meisen, Raben und viele andere. Der Uhu war sogar etwas früher aufgestanden, um diese Versammlung bei Sonnenuntergang nicht zu verpassen.
Zuerst wollte Paule nicht zugeben, dass er den Brand im letzten Jahr gelegt hatte. Dass die Eichhörnchenfrau ihm täglich zu fressen brachte, hatten jedoch auch andere Tiere des Waldes beobachtet und sich gewundert. Nun war für alle klar, dass Paule ein Erpresser und Brandstifter war. Sie stimmten darüber ab, dass sie keinen Erpresser und Brandstifter in ihrem Wald dulden wollten. Als sie Steine aufhoben,

um Paule zu verjagen, da war es ihm egal. Hochmütig brüstete er sich, wie klug er gewesen war. Die dumme Eichhörnchenfrau habe ihn ein ganzes Jahr mit Essen versorgt, obwohl sie gar nicht das Feuer entfacht habe.

Das reichte Egon. Er sprang Paule an die Gurgel und hätte ihn sicher auf der Stelle umgebracht, wenn der große Uhu sie nicht mit einem kräftigen Flügelschlag vom Ast gefegt hätte. Beide fielen herunter und jeder griff schnell nach dem nächst besten Zweig, um nicht zu Boden zu stürzen.

Paule nutzte die Situation, um sich in der Dunkelheit davon zu machen. Denn es war bereits Nacht geworden. Man hat den Erpresser und Brandstifter Paule nie wieder gesehen.

Der Sturm und die Frösche

"Morgen Abend ist eine Versammlung am alten Baumstamm", sagte die Forelle zum Krebs. „Alle Bewohner des Teiches sind eingeladen."

„Worum geht es denn?", wollte der Krebs wissen.

„Zwei neue Teichbewohner sind angekommen. Herr und Frau Biber. Die wollen sich vorstellen und einen Verbesserungsvorschlag für unseren Teich machen. Genaues weiß ich nicht. Das wollen Sie uns morgen erzählen. Du kommst doch mit deiner Frau?"

Der Krebs schnippte mit seiner linken Schere, was bedeutete, dass sie kommen würden. Die Forelle schwamm schnell davon und informierte alle anderen Bewohner des Teiches. Die Schlammschnecken, die Molche, die Schildkröten und die Enten sagten alle, dass sie zu der Versammlung am alten Baumstamm kommen würden. Nur die Frösche zeigten kein Interesse für die Biber. Die Versammlung wollten sie nicht besuchen.

„Was wollen die denn verbessern?", fragte ein grüner Frosch und streckte sein Maul der Sonne entgegen. „Unser Teich ist doch gut. Alle fühlen sich wohl. Wir brauchen keine Biber und keine Verbesserungen. Interessiert mich nicht."

„Bisher haben aber noch nie Biber in unserem Teich gewohnt", gab die Forelle zu bedenken. „Das sind nette Leute. Die solltest du dir mal ansehen."

„Hab' sie schon vorhin gesehen", gab der Frosch zurück. „Sie sind ganz dicht an mir vorbei geschwommen. Und jetzt stör mich nicht."

„Meine Großmutter sagte immer", begann die Forelle von neuem, „'wer nicht hören kann, muss fühlen'. Bestimmt haben die Biber etwas Wichtiges zu sagen. Das sollten sich alle Frösche anhören."

„Ich hab' jetzt genug gehört", quakte der grüne Frosch und sprang mit einem riesigen Satz auf ein Seerosenblatt. Dort hatte ein Schmetterling gerade seine gelben Flügel zum Sonnen ausgebreitet. Der Frosch schnappte zu und verspeiste schmatzend den Schmetterling.

Am nächsten Abend versammelten sich alle Teichbewohner am alten Baumstamm. Der alte Baumstamm war einmal eine hohe Fichte gewesen, die ein schwerer Sturm umgeknickt hatte. Ein Teil ihrer Wurzeln steckte noch in der Erde am Ufer. Doch der Stamm war in den Teich gestürzt und ragte nur noch zur Hälfte aus dem Wasser. Gerade an der Stelle, wo der Baumstamm ins Wasser eintauchte, versammelten sich alle. Herr und Frau Biber saßen auf dem alten Stamm, die Schildkröten waren auf jene Zweige geklettert, die halb im Wasser lagen, halb aus dem Wasser ragten. Die Krebse hockten ebenfalls auf dem alten Baumstamm, jedoch unter der Wasseroberfläche. Dort saßen auch die Schlammschnecken und die Molche.

Aufgeregt schwamm die Forelle umher und kontrollierte, ob auch alle gekommen waren. Nur die Frösche waren nicht aufgetaucht. Aber Vater Frosch hatte ja auch gesagt, dass er nicht kommen wolle, weil ihn die Versammlung nicht interessiere.

„Hiermit begrüße ich euch alle recht herzlich", eröffnete die Forelle die Versammlung. „Die meisten von euch haben sie ja schon gesehen: Herr und Frau Biber. Wir freuen uns, dass Sie jetzt in unserem Teich wohnen. Doch am besten stellen Sie sich selbst vor, Herr Biber."

Herr Biber richtete sich zur vollen Größe auf und sagte: „Es freut mich, dass meine Frau und ich willkommen sind. Auf einer unserer Wanderungen haben wir diesen herrlichen Teich entdeckt und beschlossen, hier unsere Kinder aufzuziehen."

Frau Biber lächelte und nickte freundlich, um die Worte ihres Mannes zu bestätigen. Herr Biber kam gleich zur Sache und erklärte seinen Verbesserungsvorschlag. Er bestand darin, dass er am Südufer einen Damm bauen wollte, genau an der Stelle, wo der kleine Bach aus dem Teich abfloss.

„Am Nordufer", sagte Herr Biber, „mündet ein kleiner Wasserlauf in den Teich. Und am Südufer fließt das Wasser wieder ab. Wenn man einen Damm am Südufer baut, kann das Wasser nicht so schnell abfließen und der Teich wird größer. Nach meinen Berechnungen müsste sich ein richtiger See bilden, wenn ich den Damm etwa einen Meter hoch baue."

Die Teichbewohner waren zunächst sprachlos. Ihr Teich ein See? Die meisten kannten keinen See. Doch die Enten waren schon weit herum gekommen. Sie erzählten von den großen Seen, die sie schon gesehen hatten. Dort gäbe es immer viel zu fressen. Wo mehr Wasser sei, da gäbe es auch mehr zu fressen. Die Teichbewohner diskutierten noch eine Zeit lang über die Vor- und Nachteile, wenn aus ihrem Teich ein großer See würde. Doch zum Schluss waren sich alle einig. Sie würden mehr Vorteile durch einen großen See haben. So beschloss die Versammlung einstimmig, dass Herr Biber einen Damm bauen dürfe.

Gleich am nächsten Tag begann Herr Biber mit dem Bau des Dammes. Neugierig beobachteten die Teichbewohner, wie Herr Biber am Ufer Bäume annagte bis sie umfielen. Dann zerlegte er die Bäume und Äste mit seinen scharfen Zähnen in kleine Stücke. Diese schleppte er zum Südufer. Frau Biber half ihrem Mann bei allen Arbeiten. Tag um Tag wuchs der hölzerne Damm und wurde höher. Erfreut sah die Forelle, wie auch der Wasserspiegel stieg und es immer mehr Wasser im Teich gab. Sie konnte jetzt an Stellen schwimmen, wo früher nur trockenes Land gewesen war. Auch die übrigen Teichbewohner freuten sich über das viele Wasser und den immer größer werdenden Teich. Sie fanden jetzt viel schneller etwas zu fressen. Selbst die Frösche waren mit dem wachsenden Teich zufrieden.

Schließlich war der Damm einen Meter hoch. Aus dem kleinen Teich war ein großer See geworden. Da kam ein Sturm auf und fegte über das Wasser des Sees. Er tobte sich so richtig aus und bildete große Wellen. Auf dem kleinen Teich hatte der Sturm noch nie so große Wasserwellen formen können. Doch jetzt auf dem See, da machte es ihm richtig Freude. Immer und immer wieder brauste der Sturm über das Wasser bis die Wellen kleine, weiße Schaumkronen bekamen.

Die Bewohner des Teiches flüchteten sich ins tiefere Wasser. Dort war es ruhig. Dort kam der Sturm nicht hin. Auch die Frösche tauchten ganz nach unten. Doch von Zeit zu Zeit schwammen die Frösche immer wieder nach oben, weil sie Luft holen mussten. So große Wasserwellen hatten die Frösche noch nie gesehen. Und immer, wenn sie die Schnute aus dem See empor streckten, um Luft zu schnappen, schlug ihnen eine Welle das Maul voll Wasser. Die Frösche bekamen kaum Luft. Sie mussten sich richtig anstrengen, damit sie zwischen den Wasserwellen wenigstens ein bisschen Luft erwischten. Wenn sie ungeschickt waren, gerieten sie in die Schaumkrone einer Welle. Dann pustete der Sturm besonders heftig und schleuderte die Frösche ein Stück durch die Luft. Klatschend fielen sie wieder ins Wasser und hatten vor Schreck ganz versäumt Luft zu holen. Das war alles sehr beängstigend und äußerst unangenehm für die Frösche.

    Gegen Abend beruhigte sich der Sturm. Die Wasserwellen wurden kleiner und kleiner und schließlich gab es gar keine Wellen mehr. Der Sturm war fortgezogen. Glatt und ruhig lag der See in der aufgefrischten Luft.

    Die Frösche aber waren verärgert über die großen Wasserwellen. Jetzt wo alles ruhig war, schwammen sie ans Ufer und begannen gegen den Sturm zu schimpfen. Die ganze Nacht hindurch schimpften sie über den Sturm mit seinen großen Wasserwellen.

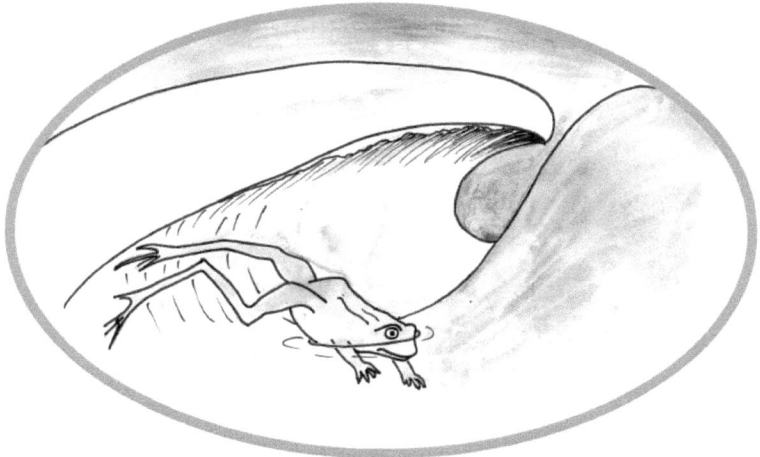

Die Menschen nennen dieses Schimpfen Quaken. Wenn der Sturm sich gelegt hat und das Wasser ruhig ist, dann beginnen die Frösche heute noch zu schimpfen. Weithin ist ihr Quaken zu hören, oft die ganze Nacht hindurch. Aber sobald ein Wind geht und auf dem See kleine Wellen kräuselt, verstummen die Frösche.

Der schlaue Maulwurf

Wie schon so oft hatte der Maulwurf einen neuen unterirdischen Gang gegraben. Drei frische Maulwurfshügel ragten nun aus der Wiese. Auf dem letzten Hügel ruhte er sich ein wenig aus und ließ sich die Sonne auf den Bauch scheinen. Da packte der Mäusebussard zu. Die spitzen Krallen des Bussards gruben sich in den schwarzen Pelz des Maulwurfs und rissen ihn hoch in die Luft. Mit wuchtigen Flügelschlägen trug ihn der große Vogel davon.

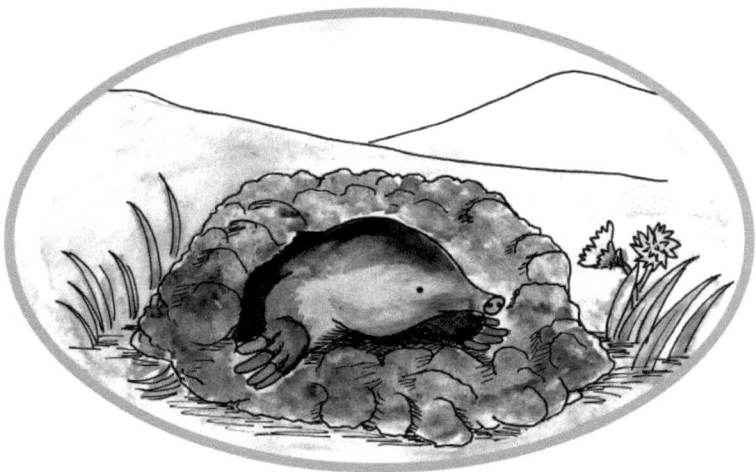

Verzweifelt dachte der Maulwurf darüber nach, wie er sein Leben retten könnte. Die

Krallen des Mäusebussards schmerzten in seinem Fell. Aber er war noch nicht tot.

„Ich gebe dir einen großen Edelstein, wenn du mir das Leben schenkst", sagte der Maulwurf. „Es ist ein großer klarer Bergkristall."

„Wo ist der Kristall?", fragte der Mäusebussard barsch.

„Er ist unten in meinen Gängen. Da habe ich eine Höhle. Darin steht er, ein schöner sechseckiger Bergkristall."

Der Mäusebussard überlegte. Seine Frau hatte gerade vier Eier gelegt und saß brütend darauf. Über so einen glitzernden Bergkristall würde sie sich bestimmt freuen.

„Wie kann ich sicher sein, dass du mich nicht anlügst?", fragte der Mäusebussard. „Hast du wirklich einen Bergkristall in deiner Höhle?"

„Nie würde ich es wagen, so einen schönen und kräftigen Vogel wie dich anzulügen", schmeichelte der Maulwurf dem Mäusebussard. „Lass uns einen Vertrag machen. Wir fliegen wieder hinab zur Erde. Ich hole den Bergkristall und du schenkst mir dafür das Leben."

„Und du wirst dich auch wirklich an diesen Vertrag halten?", fragte der Mäusebussard misstrauisch.

„Vertrag ist Vertrag", sagte der Maulwurf. „Jeder muss ihn einhalten."

Wenn er mich anlügt, überlegte der Mäusebussard, bin ich den Maulwurf los und ich bekomme auch keinen Bergkristall. Wenn er ehrlich ist, erhalte ich den Bergkristall und anschließend schnappe ich mir den Maulwurf trotzdem. Was kümmert mich sein Vertrag.

„In Ordnung", sagte der Mäusebussard. „Du gibst mir den Bergkristall aus deiner Höhle und ich schenke dir dafür dein Leben."

Der Mäusebussard drehte um und flog auf die Wiese zurück, auf der er den Maulwurf erwischt hatte. Dort setzte er ihn auf seinem Erdhaufen ab.

„Warte hier, ich bin gleich wieder da", sagte der Maulwurf und verschwand sofort in der Erde.

Nach ein paar Minuten schob der Maulwurf einen schönen Bergkristall aus seinem Gang in die strahlende Sonne. Der Kristall funkelte so herrlich, dass der Mäusebussard für einen Augenblick geblendet war.

„Siehst du", sagte der Maulwurf, „ich habe nicht gelogen."

„Aber ich!", krächzte der Mäusebussard und schnappte den Maulwurf wieder mit seinen Kallen.

Den Kristall nahm er in den Schnabel und erhob sich sogleich in die Luft. Zufrieden schlug er den Weg zu seinem Horst ein. Seine Frau würde sich freuen. Er brachte einen fetten Maulwurf und einen schönen Bergkristall heim.

Zu spät begriff der Maulwurf, was geschehen war. Er ärgerte sich, dass er dem Wort des Mäusebussards vertraut hatte. Er hätte nur den Kristall aus seinem Gang schieben sollen, ohne selbst heraus zu kommen. Doch er hatte ja einen Vertrag mit dem Mäusebussard gemacht. Wie konnte er ahnen, dass der Mäusebussard sich nicht daran halten würde. Da kam dem Maulwurf eine Idee.

„Du bist ein schlauer Vogel", schmeichelte der Maulwurf dem Mäusebussard erneut. „Was wäre, wenn ich noch einen viel größeren und schöneren Bergkristall in meiner Höhle hätte, über den sich deine Frau noch mehr freuen würde?"

„Was höre ich da?", brüllte der Mäusebussard. „Du hast noch einen größeren und schöneren Bergkristall? Du wagst es, mir den mickrig kleinen zu geben?"

Beim Sprechen hatte er seinen Schnabel geöffnet, und der Bergkristall war herausgefallen. Von oben konnten sie sehen, wie der schöne Kristall in den See plumpste, über den sie gerade flogen.

„Du hinterhältiger Maulwurf!", schimpfte der Mäusebussard. „Dachte ich mir doch gleich, dass du mich hintergehen willst. Sofort bringst du mir den großen Kristall!" Er drehte erneut um und flog zurück. „Wir haben ja einen Vertrag. Du gibst mir den großen Bergkristall und erhältst von mir dafür dein Leben. Wehe, du versuchst mich wieder zu betrügen."

„Wie könnte ich es wagen", antwortete der Maulwurf leise.

Doch der Maulwurf hatte gar keinen zweiten Bergkristall. Das hatte er auch gar nicht behauptet. Er hatte den großen Vogel ja nur gefragt, was wäre, wenn er noch einen größeren Bergkristall hätte.

„Was kann ich dafür", dachte der Maulwurf bei sich, „wenn der gierige Mäusebussard nun glaubt, ich hätte wirklich noch einen größeren Bergkristall?"
Außerdem hatte sein Peiniger sich nicht an den Vertrag gehalten und ihn ergriffen. Der Bussard hatte sich das erste Mal nicht an den Vertrag gehalten. Warum sollte er es beim zweiten Mal tun? Also hielt der Maulwurf sein Maul und sagte nichts mehr.
Als sie wieder am Maulwurfshügel angekommen waren, verschwand der Maulwurf ohne ein Wort in seinen Gängen. Vergeblich wartete der Mäusebussard auf den großen Bergkristall. Der Maulwurf ließ sich nicht mehr blicken.

Mit Vater Fuchs auf Jagd

„Komm mein Sohn, heute werde ich dir etwas zeigen", sagte Vater Fuchs zu seinem Ältesten. „Da kannst du etwas lernen."
„Können wir auch mitkommen?", bettelten die vier Geschwister des Ältesten.

„Nein, heute nicht. Ihr kommt auch noch dran", antwortete Vater Fuchs. „Bleibt hier im Bau. Hier seid ihr sicher. In ein oder zwei Stunden sind wir wieder zurück."

Vater Fuchs und sein ältester Sohn verließen den sicheren Fuchsbau und streiften durch das Unterholz des hohen Waldes. Der Vater voran, der Sohn immer hinterher. Nach einiger Zeit erreichten sie den Waldrand.

„Auch das noch!", schimpfte Vater Fuchs los, als er auf den grasbedeckten Abhang sah. „Ausgerechnet heute!"

„Was ist denn?" Der Älteste drängte sich an seinem Vater vorbei, um auch auf die Wiese sehen zu können.

„Das sind Menschen, mein Sohn", erklärte Vater Fuchs. „Um die musst du immer einen großen Bogen machen. Die sind gefährlich. Bleiben wir hier liegen, bis sie weggehen. Meistens bleiben sie nicht lange in dieser Gegend."

Vater Fuchs hatte recht. Nach einer halben Stunde begannen die Menschen ihre Sachen zusammenzupacken. Es waren vier Menschen. Ein Mann mit seiner Frau und ihren beiden Kindern. Sie hatten an dem großen Stein gelagert. Gerade dort, wo Vater Fuchs mit seinem Sohn hin wollte. Von dem großen Stein hatte man einen wunderbaren Ausblick auf den kleinen See. Hinter dem Stein konnte man sich gut verstecken. So wurde man vom See nicht gesehen. Endlich war die Menschenfamilie weg gegangen. Vater Fuchs schlich mit seinem Sohn zu dem großen Stein.

„Guck mal, was ist das denn?", fragte der Älteste, als sie am Stein angekommen waren.

„Keine Ahnung", antwortete Vater Fuchs und betrachtete die kleine graue Kiste von allen Seiten. Er schnupperte daran und stellte schließlich fachmännisch fest: „Nichts zu essen. Haben die Menschen wohl hier vergessen. Komm, jetzt zeige ich dir etwas."

Damit war die kleine graue Plastikkiste für Vater Fuchs erledigt.

„Wir werden ein bisschen warten müssen", belehrte Vater Fuchs seinen Sohn. „Denn wenn Menschen hier sind, verkriechen sich alle Tiere. Aber wenn der Geruch der Menschen verflogen ist, kommen sie wieder heraus."

Dem kleinen Fuchs wurde es jedoch langweilig, einfach nur so dazuliegen und den See unten zu beobachten. Er betrachtete noch einmal ganz genau die kleine graue Plastikkiste. Da waren seltsame Muster und Buchstaben und Zahlen zu sehen. Auch einige Knöpfe waren an der Kiste montiert. Der kleine Fuchs drückte auf einen der Knöpfe und fuhr erschrocken zurück. Ein rotes Lämpchen war aufgeleuchtet. Als er die graue Kiste wieder näher betrachtete, entdeckte er etwas Seltsames. Hinter einem Plastikfenster drehten sich zwei Räder. Aufgeregt stieß der kleine Fuchs seinen Vater an, der immer noch angestrengt den See beobachtete.

„Du Papa, es hat ein rotes Auge und es bewegt sich."

Vater Fuchs drehte seinen Kopf und warf unwillig einen Blick auf die kleine graue Plastikkiste.

„Lass das liegen. Ich sagte schon, es ist nichts zu essen. Du kannst dich ruhig auf meine Nase verlassen. Komm lieber und schau auf den See. Gleich müssen sie herauskommen."

Gehorsam legte sich der kleine Fuchs neben seinen Vater und blickte auf den See.

„Da, da sind sie. Ich wusste es. Sie kommen. Das sind Biber mein Sohn. Die leben in einem Bau mitten im See. Unter Wasser. Sie können nämlich sehr gut schwimmen. Die Alten sind ungefähr so groß wie wir Füchse. Sie haben verdammt scharfe Zähne. Damit fällen sie sogar Bäume. Greif nie so einen Alten an. Aber die kleinen Biber, von denen schnappen wir uns heute einen. Die sind noch nicht gefährlich und schmecken wunderbar."

„Es sind vier kleine Biber", hatte der junge Fuchs gezählt.

„Stimmt", sagte Vater Fuchs und leckte sich das Maul. „Ich habe sie vorgestern schon beobachtet. Und der eine Kleine ist besonders neugierig. Er läuft immer sehr weit weg von seiner Mutter. Den holen wir uns."

Mutter Biber war inzwischen mit ihren vier Kindern an das Ufer des Sees geschwommen. Sie gingen an Land. An einem großen Baum zeigte Mutter Biber, wie man ihn richtig annagt. Die Kleinen sollten das lernen. Doch dem einen Biberkind passte es nicht, mit seinen Geschwistern zusammen am selben Baum zu nagen.

„Ich suche mir einen anderen Baum", sagte der kleine Biber. „Den fälle ich dann ganz allein."

„Aber geh nicht so weit weg", rief die Mutter hinterher.

Doch das hörte der kleine Biber schon nicht mehr. Er lief schnurstracks auf einen großen, dicken Baum zu. Er sah nur diesen Baum. Doch hinter dem Baum lauerte bereits Vater Fuchs mit seinem Sohn. Als der kleine Biber seine Zähne in die Baumrinde schlagen wollte, sprang Vater Fuchs hervor. Der kleine Biber begriff gar nicht, was geschehen war. Vater Fuchs hatte ihn im Nacken gepackt und raste schnell davon.

Mutter Biber war so mit dem Unterrichten ihrer drei anderen Kinder beschäftigt, dass sie den Fuchs nicht bemerkt hatte. Erst später, als der Fuchs schon lange mit seinem Sohn und dem kleinen Biber verschwunden war, begann sie ihr viertes Kind zu suchen.

Am nächsten Tag stand Vater Biber in voller Größe vor dem Fuchsbau und zeigte seine mächtigen Zähne.

„Guten Tag Herr Fuchs. Ich gebe dir fünf Minuten, um mit deiner Familie aus unserem Tal zu verschwinden! Andernfalls komme ich rein und töte euch alle."

„Aber wieso denn?", fragte der Fuchs scheinheilig. „Wir sind doch immer gut miteinander ausgekommen. Ich tu deiner Familie nichts, und du tust meiner Familie nichts."

„Halt das Maul!", unterbrach ihn Vater Biber und zeigte noch mehr seine scharfen Zähne. „Ich weiß genau, dass du gestern meinen jüngsten Sohn gefangen und inzwischen verspeist hast."

„Gestern, gestern", sagte der Fuchs nervös. „Was war gestern? Ach ja. Gestern habe ich mal blau gemacht. Ich war den ganzen Tag hier zu Hause. Kannst meine Kinder fragen."

„Lügenmaul!", donnerte Vater Biber ihn an. „Du hast Glück, dass ich kein Fuchsfleisch mag. Sonst hätte ich euch längst alle zerrissen. Aber wenn ihr nicht augenblicklich verschwindet, bring ich euch alle um!"

„Aber Herr Biber", begann Vater Fuchs von neuem. „Vielleicht hat sich dein Sohn verlaufen. Ich habe ihn nicht geholt. Ich war's nicht. Sie wollen doch keinen Unschuldigen töten?"

„Unschuldig?!", brüllte Vater Biber. „Du kennst nichts von der modernen Technik der Menschen. Dein Sohn hat den kleinen Recorder eingeschaltet, den die Menschenfamilie gestern am großen Stein vergessen hatte. Euer ganzes Gespräch wurde auf Tonband aufgenommen, als ihr auf der Lauer lagt. Und du willst unschuldig sein?"

Kleinlaut und mit gesenktem Schwanz verließ Vater Fuchs mit seiner Familie durch einen anderen Ausgang seinen schönen Bau. Man hat ihn nie mehr im Tal gesehen.

Gerade wollte Vater Biber wieder zum See zurück traben, als er eine Stimme hörte.

„Papa, Papa!"

Das war doch die Stimme seines Sohnes?

„Komm heraus, der Fuchs ist weg, hier bin ich!", rief Vater Biber laut in den dunklen Eingang zum Fuchsbau.

Endlich kam der kleine Biber aus dem Fuchsbau gekrochen. Er hatte nicht gewusst, welchen der zahlreichen Gänge er nehmen sollte. Denn es gab viele in dem unterirdischen Bau. Dann war er der Stimme seines Vaters gefolgt.

„Ich dachte", sagte Vater Biber erstaunt, „die Fuchsfamilie hätte dich schon verspeist. Wieso haben sie dich am Leben gelassen?"

„Die kleinen Füchse wollten erst noch mit mir spielen", sagte der junge Biber. „Sie haben so lange gebettelt, bis Vater Fuchs nachgab. Aber ich durfte nicht heraus. Heute Abend wollten sie mich essen. Ein Glück, dass du gekommen bist."

Das Fledermaus-Sportfest

Jedes Jahr wird im Sommer ein Sportfest für die jungen Fledermäuse veranstaltet. Es besteht aus vier Disziplinen. Zuerst müssen die jungen Fledermäuse sich im Schnellfliegen messen. Anschließend geht es darum, wer in der kürzesten Zeit einen Totenkopffalter gefangen hat. Im dritten Wettkampf putzen sich die Sportler, um zu ermitteln, wer am schnellsten sauber ist. Die vierte Sportart ist ein schwieriger Geschicklichkeitsflug. Der Sieger bekommt eine goldene Medaille und wird von den anderen Fledermäusen eine Woche lang mit Leckerbissen versorgt.

Schwarzohr war ein kleiner Fledermausjunge, der kräftig für das Sportfest trainierte. Er hieß Schwarzohr, weil er ganz schwarze Ohren hatte.

Alle anderen Fledermäuse im Kirchturm hatten hell- oder dunkelgraue Ohren. Manchmal waren sie auch ein wenig bräunlich. Schwarzohr hatte im Kirchturm eines kleinen Dorfes das Licht der Welt erblickt. Dort machte er auch seine ersten Flugübungen. Er wollte den ersten Platz beim Sportfest erringen.

In der Abenddämmerung, nach einem warmen Sommertag, versammelten sich alle Fledermäuse aus dem Kirchturm zum Sportfest. Acht junge Fledermäuse hingen zum Start bereit am Kreuz auf der Kirchturmspitze. Sie sollten so schnell wie möglich zum alten Wasserturm in der nahen Stadt hinter dem Hügel fliegen, den Turm einmal umrunden und zurückkehren. Auch Schwarzohr wartete ungeduldig, dass es endlich los ging.

Mit einem spitzen Pfeifton gab die Sportlehrerin Enibas das Startzeichen. Wie Pfeile schossen die acht jungen Fledermäuse davon. Schon auf halber Strecke blieben sechs Fledermäuse zurück. Schwarzohr und Schnurry hatten sich von der Gruppe abgesetzt und erreichten als erste die Stadt. Sie flogen gleich schnell neben einander. Schnurry wurde so genannt, weil er tags, wenn die Fledermäuse schlafen, oft leise schnurrend am Dachsparren hing, als habe er einen schönen Traum. Schnurry konnte unglaublich schnell fliegen; das hatte Schwarzohr schon beim Training bemerkt. So schnell sie konnten, rasten sie dem Wasserturm entgegen. Dort hingen zwei alte Fledermäuse vom Sportkomitee an der Dachrinne. Sie kontrollierten, ob die Sportler wirklich um den Wasserturm flogen.

„Alle Achtung, die sind aber schnell", sagte das eine Komiteemitglied zum anderen.

Aber Schwarzohr dachte: „Leider nicht schnell genug." Denn auch auf dem Rückflug konnte er Schnurry nicht abschütteln. Gemeinsam erreichten sie wieder den Kirchturm und krallten sich gleichzeitig an das Kreuz.

"Unentschieden", urteilte Enibas, die alte Sportlehrerin.

Die anderen sechs Fledermäuse kamen erst einige Minuten später ans Ziel. Alle Fledermäuse der Sippe flatterten um den Kirchturm und beglückwünschten Schwarzohr und Schnurry zu ihrem Sieg. Für alle stand jetzt schon fest, die beiden waren die Favoriten. Wer würde wohl am Schluss der Sieger sein?

Für den nächsten Wettkampf gab Bunor das Startzeichen. Bunor hatte einen dicken Bauch. Er wusste wo man die fettesten Falter und Käfer fing, um sich gut zu ernähren. Deshalb war er auch so dick. Heimlich hatte Schwarzohr ihn ein paar Mal beobachtet, um herauszufinden, wo er am schnellsten einen Totenkopffalter fangen könnte. Darum flog Schwarzohr nach dem Startton auch gleich zu dem kleinen Wäldchen hinter der Wiese. Dort gab es einen Weiher, an dem er schon oft Falter gefangen hatte. Nervös flitzte er hin und her, bis er endlich einen Totenkopffalter erwischte. Mit der Beute im Maul flatterte er schnell zum Kirchturm zurück. Doch wer grinste ihn da breit an? Es war Schnurry, der schneller zurück gekommen war. Diesen Wettkampf hatte Schnurry gewonnen.

Aber noch war nichts entschieden. Die schöne Diaclausa bat zum dritten Wettkampf in den Kirchturm. Dort mussten sich die jungen Sportler an einen bestimmten Dachbalken hängen. Auf dem Dachbalken lag dicker Staub. Diaclausa gab ein Zeichen, und sofort schubsten fünf alte Fledermäuse den Staub mit ihren Flügeln herunter. Er fiel genau auf die acht Sportler. Sie wurden in eine dicke, schmutzige Staubwolke eingehüllt. Als sich der Staub ein wenig verzogen hatte, sah man, wie sich die Sportler bereits putzten. Jeder hing mit nur einem Fuß am Balken und kämmte mit allen übrigen Krallen den Schmutz aus dem Fell. Die Krallen leckten sie sauber und kämmten noch einmal nach und leckten erneut.

Weil sich Fledermäuse nun stundenlang putzen können, aber niemand so lange warten wollte, rief die schöne Diaclausa nach fünfzehn Minuten: „Stopp!"

Jetzt kam es darauf an, wer am besten geputzt war. Diaclausa hatte ein Komitee aus sieben Fledermäusen zusammengestellt, die nun genau untersuchten, wie sauber jeder Sportler war. Sie schauten in die Ohren, falteten die Flügel auseinander und untersuchten genau das Fell. Danach vergaben sie Punkte. Schnurry erhielt elf Punkte, Schwarzohr zwölf.

Damit war Schwarzohr bei diesem Wettkampf Sieger und es stand zwischen den beiden wieder unentschieden in der Gesamtwertung. Schwarzohr bekam einen Punkt mehr, weil er nicht nur genau so sauber war wie Schnurry, sondern weil er obendrein auch noch die Flughäute eingefettet hatte. Das hatte Schnurry nicht mehr geschafft. Die übrigen Wettkämpfer waren überhaupt nicht so sauber geworden und erhielten viel weniger Punkte.

Nun kam es auf den vierten und entscheidenden Wettkampf an. Wer den gewann, war auch gleichzeitig Sieger des Sportfestes.

Die ganze Fledermaussippe flog hinüber ins Bachtal. Es dauerte einige Zeit, bis ein Kontrolleur meldete, dass alle auf ihren Posten seien. Denn die jungen Sportler mussten eine ganz bestimmte Strecke fliegen, die genau festgelegt war. Und damit sie unterwegs nicht eine Abkürzung nahmen, wurden entlang der gesamten Strecke Beobachter postiert. Die Beobachter registrierten gleichzeitig, ob jemand einen Fehler machte. So durften die jungen Sportler während des schnellen Fluges kein Spinnennetz auch nur antippen. Sie mussten unter einer winzigen Brücke hindurch fliegen, ohne das Wasser zu berühren. Und viele andere schwierige Stellen waren zu passieren. Die Schnelligkeit zählte, aber für jeden Fehler wurden Punkte abgezogen.

Wieder hingen die acht Fledermäuse zum Start bereit. Diesmal warteten sie am Ast einer alten Fichte auf das Startzeichen. Sie starteten nicht gemeinsam, sondern einer nach dem anderen. Durch Los wurde die Reihenfolge bestimmt. Zuerst kamen die sechs Fledermäuse dran, von denen schon alle wussten, dass sie nicht den ersten oder zweiten Platz in der Gesamtwertung erringen würden. Dann erhielt Schwarzohr das Startsignal.

Inzwischen war es schon ganz dunkel geworden. Mit den Augen konnte man überhaupt nichts mehr sehen. Nur durch seine Ultraschalltöne und deren Echo konnte Schwarzohr erkennen, wo er war, und wo er lang musste. Zuerst ging es durch die enge Felsspalte. Die war so eng, dass er die Flügel nicht ausbreiten konnte und fast zu Boden gefallen wäre. Zum Glück hatte er genügend Schwung gehabt.

Danach musste er durch einen Tunnel aus Farn fliegen. Oben, unten, rechts und links standen Farngewächse. Hindurch führte ein enger Tunnel mit vielen Kurven. Man wusste nie, ob eine Spinne gerade ein neues Netz spann, oder ob sich ein Farnblatt in die Flugbahn schwang. Und da war es auch schon geschehen. Schwarzohr hatte einen frischen Spinnenfaden durchtrennt. Ob es ein Kontrolleur gesehen hatte? Vielleicht auch nicht. Schwarzohr atmete auf, als er durch den Farntunnel hindurch war. Nun musste er zum Bach und zu der winzigen Brücke. Eigentlich war es gar keine Brücke, sondern nur ein Stein, der wie auf zwei Füßen im Wasser stand. Zwischen den Füßen war eine Höhlung, durch die das Wasser floss. So entstand ein winziges Luftloch zwischen Wasser und Stein, wo Schwarzohr hindurch fliegen musste, ohne das Wasser zu berühren.

Schwarzohr setzte zum Sturzflug an, zog vor dem Steinbogen die Flügel an den Körper und schoss, „platsch!", direkt in eine Wasserwelle. Er hatte sie nicht sehen können. Sie hatte sich gerade in diesem Augenblick von der anderen Seite durch das Loch gezwängt. Damit hatte er nicht gerechnet. Schwarzohr schimpfte und schüttelte das Wasser ab. Das war nun schon der zweite Fehler. Schnell flog er weiter und legte den Rest der Strecke ohne Fehler zurück.

Als Schnurry ans Ziel kam, bemerkte Schwarzohr, dass der noch ein paar Wassertropfen auf dem Fell hatte. „Aha", dachte er, „der ist also auch ins Wasser getaucht. Ob er noch mehr Fehler gemacht hat?"

Nun sammelten sich die Schiedsrichter und die Streckenbeobachter in einer knorrigen Kiefer und werteten die Ergebnisse aus. Als sie fertig waren, flüsterte der Oberschiedsrichter dem Sippenhäuptling etwas ins Ohr. Der machte darauf hin ganz spitze, steife Ohren, was bedeutete: Ruhe! Alles verstummte. Niemand sagte mehr ein Wort.

„Der Sieger des diesjährigen Sportfestes konnte eindeutig ermittelt werden", verkündete schließlich der alte Sippenhäuptling. „Es ist: Schnurry!"

Schwarzohr fühlte sich, als habe er einen Stich ins Herz bekommen. Er war nicht der Sieger des Sportfestes. Er hatte nur den zweiten Platz errungen. Aber für den zweiten Platz gab es keine goldene Medaille, nur einen Glückwunsch vom Häuptling.

Neidisch blickte Schwarzohr zu Schnurry hinüber. Der hängte die glänzende Medaille an einem Band um den Hals und flog allen voraus zum Kirchturm zurück. Dort feierten die Fledermäuse die ganze Nacht. Schnurry stand im Mittelpunkt. Er war der Held des Tages. Alles drehte sich um ihn. Niemand beachtete Schwarzohr und die anderen Sportler.

Schwarzohr war sehr traurig darüber, dass er den Wettkampf nicht gewonnen hatte. Er konnte gar nicht mehr lachen und hing still in einer Ecke. Auch lange nach dem Sportfest sprach er mit niemandem, machte einen Bogen um Schnurry und flog ihm aus dem Weg. Beim letzten Wettstreit hatten beide die gleichen Fehler gemacht. Aber beim Flug durch den engen Felsspalt war Schnurry schneller gewesen. Deshalb hatte er gesiegt.

„Ich kann dir zeigen, wie man schneller durch den Felsspalt fliegt", sagte Schnurry eines Tages. „Komm, dass kannst du genau so gut wie ich. Da ist nur ein kleiner Trick dabei."

Zunächst wollte Schwarzohr nicht zur Übung mitkommen. Aber dann dachte er, dass es ja nicht schaden könnte, eine neue Flugtechnik zu lernen. Gemeinsam flogen sie zur Felsspalte und Schnurry brachte Schwarzohr den schnellen Flug durch die enge Spalte bei.

Sie freundeten sich an und unternahmen danach viele Ausflüge gemeinsam. Schwarzohr wurde wieder fröhlich und freute sich auf jeden neuen Streifzug mit Schnurry. Er hatte zwar den Wettkampf verloren, dafür aber einen guten Freund gewonnen.

Der zufriedene Feldhamster

Manfred, der braune Feldhamster mit den weißen Flecken an der Kehle und an den Schultern, blickte zufrieden in seine Vorratskammer. Sie war bis an die Decke mit dicken Körnern gefüllt. Davon würde er nach dem Winterschlaf gut leben können. Denn im Frühjahr fand man auf den Feldern und Wiesen kaum etwas zu fressen. Erst später, wenn es wärmer wurde, gab es wieder reichlich. Nun war der Sommer zu Ende und der Herbst hatte begonnen.

„Ach, wenn ich doch endlich eine Frau finden würde", dachte Manfred. Er wünschte sich so gerne eine hübsche Feldhamsterfrau. Aber es gab weit und breit keine. Seine Eltern waren schon vor Jahren gestorben und sein Bruder, der war plötzlich verschwunden. Vielleicht hatte ihn der Fuchs oder ein Falke erwischt. Manfred war der einzige Hamster, soweit er auch gelaufen war. „Jetzt mit einer Frau zusammen zu sein, dass wäre schön", dachte Manfred. „Bestimmt finde ich bald eine", sagte er zu sich selber.

Es dämmerte bereits, als Manfred seinen Kopf noch einmal durch das Schlupfloch in die frische Abendluft streckte. Da hörte er ein merkwürdiges Geräusch. Was war das denn? Um besser sehen und hören zu können, lief er auf den kleinen Hügel in der Nähe. Das rettete ihm das Leben. Denn eine riesige Wasserwelle strömte an ihm vorbei und bedeckte das ganze Feld, unter dem seine Vorratskammer lag. Das unbekannte Geräusch kam von dem strömenden und gurgelnden Wasser. Irgendwo musste es stark regnen, oder ein Damm war gebrochen. Nie zuvor hatte es in dieser Gegend so viel Wasser gegeben. Der Hügel, auf dem Manfred saß, war nun eine winzige Insel, umgeben von Wasser, so weit das Auge reichte. Und es strömte immer noch mehr Wasser vorbei und stieg immer höher. Bald würde auch der Hügel überflutet werden. Dort konnte Manfred nicht bleiben, denn er konnte nicht schwimmen. Aber er war zufrieden, nicht ertrunken zu sein und sagte zuversichtlich: „Alles wird gut werden."

Da sah er einen Baumstamm heran schwimmen. Mit einem riesigen Satz sprang Manfred auf den Baumstamm, der ihn in den reißenden Fluten davontrug. So brauchte er nicht zu ertrinken. Irgendwann stieß der Stamm gegen festes Land und weckte Manfred. Denn der war inzwischen eingeschlafen und wusste gar nicht mehr, wo er war.

Manfred rieb sich die Augen und blickte auf eine grüne Wiese. Er sprang an Land und untersuchte den Boden. Denn zu seinem alten Bau und der Vorratskammer konnte er nicht mehr zurück. Dort stand alles unter Wasser. Er musste sich schnell ein neues Zuhause graben.

Der Boden war hart und steinig. Manfred lief schnuppernd umher und fand ein Roggenfeld. „Wunderbar!", rief Manfred erfreut. Unter Roggenfeldern konnte man immer schön graben. Sofort machte er sich an die Arbeit und legte eine unterirdische Vorratshöhle an. Später wollte er dann noch einen Schlafkessel graben. Auch eine kleine Toilettenhöhle würde er noch ausheben. Aber nun musste er schnell seinen verlorenen Vorrat ersetzen. Es war bereits dunkle Nacht, als die Vorratshöhle groß genug war und Manfred ins Kornfeld lief. Hastig stopfte er seine Hamstertaschen mit Roggenkörnern voll und brachte sie in die neue Höhle. Als die Sonne aufging, schleppte er sich müde auf seinen Schlafplatz. Völlig erschöpft schlief er neben seinem kleinen Vorratshäuflein ein.

Doch kaum war Manfred eingeschlafen, als der Boden erzitterte und er aus einem schönen Traum gerissen wurde. Das Zittern des Bodens und das laute Geräusch kannte er. Es war ein Mähdrescher, der oben über das Roggenfeld ratterte. „Hoffentlich mäht er nicht alles ab", dachte Manfred. Doch als er in der Abenddämmerung hinaufkroch, war von dem schönen Roggen nur noch ein Stoppelfeld übrig. All die fetten Ähren waren weg.

„Macht nichts", sagte Manfred optimistisch. „Alles wird gut werden. Es fallen immer Körner auf den Boden. Ich werde auch tagsüber sammeln. Dann bekomme ich noch genügend zusammen."

Nun sammelte Manfred nachts und auch am Tag. Er gönnte sich nur wenig Schlaf und war sehr fleißig. Nach zwei Tagen hatte er bereits ein schönes Häuflein Roggenkörner in seiner Vorratskammer. Aber es war noch lange nicht genug.

Am dritten Tag sah ein Turmfalke den fleißigen Hamster auf dem Stoppelfeld. Eigentlich fing der Falke nur Mäuse, um sie zu fressen. Doch vielleicht schmeckte auch ein Hamster. Es war ungewöhnlich, mitten am Tag einen Hamster auf dem Feld zu sehen. Diese leichte Beute wollte der Turmfalke sich nicht entgehen lassen. Er stürzte herab und ergriff den Hamster mit seinen spitzen Krallen. Noch ehe Manfred begriff, was geschehen war, hob ihn der Falke hoch in die Luft. Der Vogel flog auf den Wald zu, wo er den Hamster töten und verspeisen wollte. Doch noch bevor er den Waldrad erreicht hatte, stürzte sich ein Habicht auf den Turmfalken und ergriff ihn.

„Lass mich los!", schrie der Turmfalke. „Ich habe einen fetten Hamster in meinen Krallen, den schenke ich dir, wenn du mich am Leben lässt!"

„Du hältst mich wohl für blöde", krächzte der Habicht. „Ich tausche dich doch nicht gegen einen Hamster ein. Du hättest bei Mäusen bleiben sollen. Die sind nicht so schwer und du kannst mit ihnen schneller fliegen."

„Wenn du mich nicht los lässt, lass ich den Hamster fallen", zeterte der Turmfalke.

„Na und?", knurrte der Habicht. „Wir sind da."

Er war auf einem Felsen gelandet; den Falken fest in den Klauen.

„Aber so ein Hamster als Vorspeise ist doch nicht zu verachten", flehte der Turmfalke.

„Lass mal sehen", sagte der Habicht und lockerte ein wenig den Griff um den Falken.

Darauf ließ der Falke den Feldhamster los. Der sprang sofort von dem Felsen und suchte ein Versteck. Damit hatte der Falke gerechnet und auch damit, dass der Habicht nun versuchen würde, den Hamster zu erwischen. Deshalb ließ er den Falken los und jagte dem Hamster hinterher. Aber er konnte ihn nicht mehr schnappen. Denn der Hamster war in einer engen Felsspalte verschwunden. Ärgerlich blickte sich der Habicht um. Und er wurde noch ärgerlicher. Auch der Turmfalke hatte den Augenblick genutzt und war blitzschnell davon geflogen. Nun saß er ohne Beute da.

Still hockte der kleine Hamster unter dem Felsen und wartete, bis der Habicht wegflog. Dann kroch er hervor und schaute sich um. Er befand sich auf einer felsigen Anhöhe. Zwischen Steinen und Geröll standen vereinzelt hohe Tannen, hin und wieder gab es ein Gebüsch. Der Turmfalke und der Habicht, sie mussten weit mit ihm geflogen sein. Denn Manfred kannte die Gegend nicht und wusste auch nicht, welchen Weg er einschlagen sollte, um zu seinem neuen Zuhause zu kommen.

„Mal schauen, wie es im Tal aussieht", sagte Manfred. „Alles wird gut werden."

Im Tal fand er eine saftige Wiese und gleich daneben ein abgeerntetes Getreidefeld. Er lief zwischen den Stoppeln umher. Nur wenige Roggenkörner konnte er finden, die er sich gleich in seine Hamstertaschen stopfte. Plötzlich stand er vor einem Schlupfloch. Manfred schnupperte. Hier wohnte ein anderer Hamster. Nun wusste er auch, weshalb er nur so wenige

Körner finden konnte. Der andere Feldhamster hatte schon alles abgesammelt.

„Hallo, ist jemand zu Hause?", rief Manfred in den unterirdischen Gang. Nichts regte sich. Vielleicht schlief der andere Hamster noch. Manfred wartete bis es dunkel wurde vor dem Schlupfloch. Er wusste, dass Hamster es nicht gern sehen, wenn jemand ungefragt in ihren Bau tappt geht. Dann rief er noch einmal in den Gang. Wieder regte sich nichts. Vorsichtig kroch Manfred in den fremden Bau. Es war niemand zu Hause. Er schnupperte und roch genau, dass schon ein paar Tage niemand zu Hause gewesen war. Das tat kein Feldhamster, nie würde er tagelang seinen Vorrat allein lassen. Warum war der fremde Hamster nicht zu Hause? Manfred schaute sich weiter um und fand eine riesige Vorratskammer, gefüllt bis an die Decke. Sollte er hier einfach einziehen und alles in Besitz nehmen? Was, wenn der fremde Hamster plötzlich zurück kam?

Manfred krabbelte wieder aus dem Bau hinauf und sah sich auf dem Stoppelfeld um. Inzwischen war es dunkel geworden. Er überquerte einen Feldweg und gelangte auf das Nachbarfeld. Es war auch abgeerntet. Da sah er einen anderen Hamster nicht weit entfernt ganz still auf dem Feld sitzen. War das der Hamster, dem der Vorrat gehörte, den er gerade gesehen hatte? Warum saß er so still da?

Leise ging Manfred zu dem fremden Hamster. Aber jener hörte ihn trotzdem und blickte auf. Da sah er, dass es eine Hamsterfrau war.

„Warum sitzt du denn hier so still?", fragte Manfred.

Die Hamsterfrau deutete auf die Stelle vor sich: „Hier habe ich meinen Mann begraben. Er ist letzte Woche plötzlich gestorben."

„Das tut mir leid", sagte Manfred und setzte sich ruhig neben die Hamsterfrau.

Nach einiger Zeit fragte sie ihn, wo er denn her käme. Hier gäbe es außer ihr doch nun weit und breit keinen Hamster mehr, seit ihr Mann gestorben war. Manfred erzählte seine Geschichte und dass er zweimal seinen Vorrat verloren habe.

„Du kannst in die Wohnung meines verstorbenen Mannes einziehen", sagte die Hamsterfrau. „Ich habe meinen eigenen Vorrat. Sie ist gleich da drüben auf dem Feld."

Sie deutete in die Richtung, aus der Manfred gekommen war. Nun wusste er, wem der Bau und der Vorrat gehört hatten. Manfred ver-

suchte die Hamsterfrau noch ein wenig zu trösten. Dann verabschiedeten sich beide. Sie ging in ihren Bau zu ihrem Vorrat und Manfred nahm den Bau des Verstorbenen in Besitz. Hamsterfrauen und Hamstermänner schlafen den Winter über nämlich nicht gerne zusammen in der selben Höhle.
Manfred verschloss den Eingang zu seinem neuen Zuhause und legte sich schlafen. Er freute sich darauf, im Frühjahr die Hamsterfrau wieder zu treffen.

Der Streit

Nach dem starken Sturm zog die Fledermaussippe in ein altes Bauernhaus um. Im beschädigten Kirchturm war es einfach nicht mehr gemütlich. Überall fehlten Dachpfannen, der Wind blies hindurch und trieb Regentropfen hinein. Das Bauernhaus döste halb verfallen in einem kleinen Tal. Schon vor vielen Jahren hatte es der Bauer mit seiner Frau verlassen. Trotz des bröckelnden Putzes und der eingedrückten Fensterscheiben gab es im Dachstuhl eine behagliche Ecke. Dort wohnte nun die Fledermaussippe. Schwarzohr und Schnurry, die beiden Fledermausjungen, hingen jeden Tag dicht beieinander am selben Dachsparren.

Eines Nachts, sie wollten gerade auf Jagd fliegen, flatterte Besuch in das alte Bauernhaus. Onkel Retep und sein Sohn Cleverly kamen sich die neue Wohnung anschauen. Schon im alten Kirchturm waren die beiden oft zu Besuch gekommen. Schwarzohr und Schnurry mochten Cleverly nicht. Denn der war furchtbar schlau und hatte immer recht. Er wusste einfach alles.

Onkel Retep berichtete, dass der Sturm bei ihnen im Nachbardorf nicht nur ein paar Dachpfannen abgerissen habe. Der ganze Kirchturm sei umgestürzt. Jetzt wohnten sie auf dem Dachboden einer schönen Villa. Nur eine alte Dame lebe noch in dem Haus. Die käme nie nach oben. Deshalb fühlten sie sich dort sehr wohl.

„Und es ist das älteste Haus am Ort", sagte Cleverly. „Viel älter als euer Bauernhaus."

„Klar", knurrte Schwarzohr. „Bei euch ist ja immer alles besser."

„Das hat nichts mit besser zu tun", belehrte Cleverly. „Ich sagte nur, dass unser Haus älter ist als eures."

„Woher willst du das denn wissen", mischte sich Schnurry ein.

„Ganz einfach, das sieht man doch am Baustil." Cleverly begann über die verschiedenen Baustile von Häusern zu belehren. Wann man wie gebaut habe und welche Materialien verwendet worden seien. Er hatte in der Fledermausschule unglaublich aufgepasst und wahrscheinlich noch Privatunterricht genommen. Abschließend sagte er dann: „Ihr müsst halt noch viel lernen."

Das hätte er nicht sagen sollen. Beleidigt sprang Schwarzohr ihm an die Gurgel und biss ihm in den Hals. Cleverly war nicht so kräftig wie Schwarzohr, dafür quiekte er aber so laut, dass es allen durch Mark und Knochen fuhr.

Die ganze Fledermaussippe schrak zusammen und versammelte sich um die beiden Streithähne. Onkel Retep nahm Cleverly in den Arm, leckte seine Wunde und streichelte ihn. Schwarzohr musste sich eine Standpauke von seinem Sippenhäuptling anhören.

„So benimmt man sich nicht Gästen gegenüber. Schäm dich! Zur Strafe wirst du für Retep und Cleverly fünfzig Eintagsfliegen fangen."

„Aber nur, wenn er recht hat", widersprach Schwarzohr. „Ich fange diese Leckerbissen nur, wenn unser Bauernhaus nicht so alt ist wie die Villa. Es ist nämlich sehr schwer, fünfzig Eintagsfliegen zu fangen. Die verstecken sich doch immer. Cleverly kann viel behaupten. Es muss erst einmal bewiesen werden, dass die Villa älter ist."

Interessiert hörte die ganze Sippe, worüber man sich aufgeregt hatte. Dann entschied der Häuptling, dass Schwarzohr die fünfzig Eintagsfliegen nicht zu fangen brauche, wenn Cleverly sich geirrt habe. Denn er war sich sicher, dass Cleverly auch dieses Mal recht haben würde wie schon so oft. Und dann musste Schwarzohr die fünfzig Eintagsfliegen sowieso fangen und abliefern.

Alle Fledermäuse flogen zur alten Villa, in der Onkel Reteps Sippe nun wohnte. Sie besahen sich das Gebäude von allen Seiten, schauten in die Fenster und kratzten und pochten am Dachstuhl.

„Hm", sagte der Sippenhäuptling schließlich. „Ich glaube, beide Häuser sind gleich alt. Was meint ihr?"

Die Fledermäuse diskutierten ein wenig. Aber niemand fand einen guten Grund, weshalb das eine Haus älter als das andere sein sollte. Onkel Retep schlug vor, dass Schwarzohr wegen dieser Ungewissheit nur fünfundzwanzig Eintagsfliegen fangen sollte.

„Das ist aber ungerecht", protestierte Schwarzohr. „Es ist doch gar nicht erwiesen, dass Cleverly recht hat. Deshalb brauche ich gar keine Eintagsfliegen abliefern."

Es stimmte. Man hatte nicht herausgefunden, welches Haus älter war. Wie sollte man das Problem lösen?

„Ich habe da von jemandem gehört", sagte Cleverly, „der kann uns vielleicht helfen." Alle Augen drehten sich zu ihm. Er war einfach der Klügste. Diese Blicke, Schwarzohr fühlte schon wieder Wut aufsteigen. Immer musste dieser Cleverly bewundert werden.

„Ich habe von einem Fledermaus-Professor gehört, der die Sprache der Holzwürmer gelernt hat. Der könnte die Holzwürmer in unserer Villa und in eurem Bauernhaus fragen, wie alt die Balken sind."

„Ha, ha", machte Schwarzohr trocken. „Die Holzwürmer sollen wissen, wie alt die Häuser sind. Dass ich nicht lache. Werden Holzwürmer überhaupt so alt?"

„Du willst also lieber fünfzig Eintagsfliegen fangen?", fuhr der Häuptling ihm scharf über den Mund. „Wo lebt der Professor?"

„Jenseits der Alpen", sagte Clerverly. „Man braucht mindestens drei Tage, um zu ihm zu fliegen."

Die Fledermäuse bestimmten eine kleine Abordnung. Drei der schnellsten Flieger sollten den Professor holen. Sie starteten sofort. In einer Woche würde der Professor da sein. Dann wolle man weiter sehen. Inzwischen hatten die

Fledermäuse beider Sippen Wetten abgeschlossen. Fast alle wetteten, dass Cleverly recht haben würde. Nur einer wettete, das Schwarzohr aus diesem Streit als Sieger hervor gehen würde. Das war Schnurry, Schwarzohrs bester Freund.

Nach einer Woche traf der Professor im einsamen Bauernhaus ein. Er war nicht mehr der Jüngste. Sein Fell war fast weiß und die Flughäute hatte viele Falten und Risse. Eine merkwürdige Papierrolle hatte er mitgebracht.

„Die Holzwürmer wissen gar nicht, wie alt das Holz ist, in dem sie wohnen", sagte der Professor.

„Aber dann nützt es ja gar nichts, dass Sie sie fragen", sagte Schnurry mit offenem Mund.

„Doch, doch", sagte der Professor. „Mit meiner Tabelle kriegen wir das Alter heraus."

Er pochte sanft auf einen Dachbalken und begann in einer fremden Sprache zu reden. Alle Fledermäuse hingen an den Dachbalken, hielten die Luft an und lauschten angespannt. Die Holzwürmer steckten ihre Köpfe nicht aus den Löchern. Wahrscheinlich fürchteten sie, gefressen zu werden. Aber sie sprachen mit dem Professor. Ihre Stimmen waren so leise, dass man sie kaum hören konnte. Nach einiger Zeit begann der Professor kleine Striche auf ein Papier zu machen. Dann verabschiedete er sich von den Holzwürmern und studierte seine Aufzeichnungen. Schließlich verkündete er das Ergebnis der Untersuchung.

„Also, die Holzwürmer haben sich quer durch den Balken gefressen. Mir haben sie erzählt, durch welche Jahresringe im Holz sie mussten. Jeder Jahresring ist anders und gibt genau an, in welchem Jahr er entstanden ist. War es ein feuchtes Jahr mit viel Regen, ist der Jahresring breit. War es ein trockenes Jahr mit wenig Regen, ist der Jahresring schmal. In mühsamer Arbeit habe ich eine Tabelle über 5000 Jahre angelegt. Hier seht selbst."

Er rollte die lange Papierrolle auf, die er mitgebracht hatte. Darauf waren nebeneinander viele dicke und dünne Striche, Buchstaben und Zeichen. Dann nahm er das kleinere Papier, auf dem er Striche gemacht hatte, während er mit den Holzwürmern sprach, und legte es auf das lange Papier.

„Hier sieht man also deutlich", erklärte der Professor, „dass das Holz, aus dem das Bauernhaus gebaut ist, vor 250 Jahren gefällt wurde. Und hier sind die Aufzeichnungen aus der Villa." Er legte ein zweites Papier auf die lange

Liste. „Auch hier sieht man deutlich, dass das Holz in der Villa 195 Jahre alt ist. Weil für den Häuserbau immer frisches Holz genommen wurde, müssen wir also feststellen, dass das Bauernhaus etwa 55 Jahre älter ist als die Villa."

„Juhu!", jubilierte Schwarzohr. Endlich hatte Cleverly mal nicht recht gehabt. Schnurry gewann als einziger die Wette. Jede Fledermaus, die mitgewettet hatte, lieferte bei Schnurry drei Eintagsfliegen ab.

Gierig machten sich Schwarzohr und Schnurry über die Eintagsfliegen her. Sie schmeckten vorzüglich. So viele hatten sie noch nie auf einmal gegessen.

„So, die Letzte", sagte Schwarzohr und verschluckte mit blanken Augen eine Eintagsfliege.

„Ich glaube, ich schaffe meine Letzte nicht mehr", erwiderte Schnurry. „Mir ist schon ganz komisch. Komm wir fliegen an die frische Luft."

In einem unbewohnten Vogelkasten ruhten sich die beiden aus. Jeder hielt seinen Bauch. Denn darin hatte es zu schmerzen begonnen. Es kniff und zwickte und wurde immer schlimmer.

„Ich glaube", sagte Schnurry, „wir hätten die Eintagsfliegen nicht alle auf einmal futtern sollen. Mir ist ganz schlecht."

„Und mir erst", stimmte Schwarzohr zu, „mir ist, als ob jemand mit der Schere in meinem Bauch herum schnippelt. Was machen wir jetzt bloß?"

„Ich wüsste da ein Mittel", tönte eine Stimme von draußen. Es war Cleverlys Stimme. Er war den beiden heimlich gefolgt, hing nun unter dem Vogelkasten und lauschte.

Entsetzt sahen sich Schwarzohr und Schnurry an. „Der schon wieder!" Aber die Bauchschmerzen wurden immer schlimmer. Deshalb fragte Schnurry nach einiger Zeit: „Was für ein Mittel kennst du denn gegen Bauschmerzen?"

„Einen Augenblick", antworte Cleverly, "ich habe unterwegs welches gesehen."

Nach wenigen Minuten war Cleverly zurück und warf den beiden ein grünes Kraut durch das Flugloch in den Vogelkasten. „Zerkaut es aber gut, bevor ihr es hinunterschluckt", ermahnte er die beiden.

Die beiden Fledermausjungen beschnupperten das Kraut neugierig. Es roch seltsam. Ob das wirklich half? Aber viel schlimmer konnte es auch nicht mehr werden. Deshalb probierten sie ein wenig.

„Mir geht es schon viel besser", sagte Schnurry, nachdem er von dem Kraut gegessen hatte. Auch bei Schwarzohr ließen die Bauchschmerzen schnell nach.

„He, Cleverly", rief Schwarzohr, „warum hängst du da draußen? Kommt doch herein. Wirklich prima dein Kraut, das müssen wir uns merken. Weißt du noch mehr über Heilkräuter?"

Cleverly kletterte zu den beiden in den unbewohnten Vogelkasten und sagte: „Nun ja, soviel weiß ich noch nicht über Heilkräuter. Aber weil ich auch schon einmal Bauchschmerzen hatte, kenne ich dieses hier."

Es gefiel Schwarzohr und Schnurry, dass Cleverly zugab, nicht alles über Heilkräuter zu wissen. Der Streit war schnell vergessen. Die beiden freundeten sich mit Cleverly an und betrachteten ihn nicht mehr als Besserwisser.

Die schöne Elisabeth

Elisabeth war der schönste Frosch im großen Waldsee. Sie war so schön, dass viele Frösche bei ihr um die Hand anhielten. Denn alle Froschmänner wollten sie heiraten. Im Laufe der Jahre hatte Elisabeth sich schon viele Verehrer angeschaut, aber keiner war ihr gut genug. Der erste quakte nicht melodisch, einfach fürchterlich. Ein anderer hatte ihr zu kurze Beine und machte zu kleine Sprünge. Ein dritter war nicht so schön grün wie sie. An jedem hatte sie etwas auszusetzen.

So verging ein Jahr nach dem anderen und Elisabeths Schönheit nahm ab. Zuerst merkte sie es nicht. Aber ihre Haut bekam Falten und sie schwamm nicht mehr so elegant durch den See wie früher. Das hatte Folgen. Es kamen weniger Verehrer.

Doch Elisabeth sagte sich: „Es kommen nun wohl weniger Verehrer, weil die meisten schon da waren und nicht mehr so viele übrig sind. Aber der richtige war noch nicht da. Der wird schon nach kommen. Den heirate ich dann."

Dass Elisabeth wirklich keine guten Chancen mehr bei den Froschmännern hatte, bemerkte sie erst, als sie beim jährlichen Schönheitswettbewerb in der Vorentscheidung ausschied.

„Das gibt's doch nicht", quakte sie wehleidig. „Seit drei Jahren bin ich die Schönste im Waldsee, und nun bekomme ich nicht einmal genug Punkte für die Vorentscheidung."

Plötzlich ließ sich kein Verehrer mehr bei Elisabeth blicken. Niemand suchte sie auf. Niemand mehr quakte fröhlich die neuesten Witze und brachte Leckerbissen mit. Einsam und allein musste Elisabeth selber nach Fliegen und Würmern jagen, um nicht zu verhungern. Beleidigt zog sie sich in eine kleine Bucht des großen Sees zurück. Als sie ganz traurig auf einem Seerosenblatt saß, sprach ein Fuchs zu ihr.

„Ich habe dein Klagen gehört", sagte er. „Die Frösche sind ungerecht zu dir. Du bist immer noch die Schönste. Allerdings hat deine Haut ein wenig gelitten. Ich kenne aber ein Mittel, wie die Falten und Risse aus deiner Haut wieder verschwinden. Und auch deine hübschen Farben werden wieder in vollem Glanz erstrahlen."

Der Fuchs stand am Ufer und nickte freundlich zu Elisabeth hinüber. Ins Wasser gehen mochte er nicht. Denn er konnte nicht schwimmen.

„Aha", sagte Elisabeth. „Was für ein Mittel ist das?"

„Nicht weit von hier", erklärte der Fuchs, „da gibt es Rhabarberstauden. Du musst dich nur bei Sonnenschein auf eines der Blätter legen, mindestens drei Tage lang, dann..."

„Du denkst wohl, weil ich schön bin, bin ich auch doof", quakte Elisabeth. „Wenn ich hier aus dem See auf die Wiese hüpfe, dann schnappst du mich doch gleich und verspeist mich. Frösche sind zwar nicht deine Lieblingsspeise, aber wenn du nichts besseres findest, greifst du gerne zu. Ne, ne, nicht mit mir."

„Aber ich meine es doch nur gut mit dir", sagte der Fuchs beleidigt. „Du willst doch wieder die Schönste im Waldsee sein. Nie und nimmer will ich dich fressen. So einen schönen Frosch frisst man doch nicht. Aber ich sehe, du misstraust mir. Ich mache dir einen Vorschlag. Der Rhabarber ist nicht weit von hier, wo ich stehe. Ich gehe auf die andere Seite des Waldsees und sonne mich dort drüben ein wenig auf dem großen Stein am Ufer. Vom Rhabarber aus kannst du mich sehen. Und falls ich von dort weggehe, kannst du schnell wieder ins Wasser hüpfen. So schnell kann kein Fuchs um den See laufen, um dich noch zu erwischen."

Elisabeth ließ sich erklären, wo der Rhabarber wuchs und sagte dann: „Gut, ich will die Heilkraft des Rhabarbers ausprobieren. Mach dich auf den Weg."

Der Fuchs trabte davon. Als Elisabeth sah, wie sich der Fuchs auf dem Stein ausstreckte, sprang sie vom Seerosenblatt und schwamm an Land. Den Rhabarber fand sie wie beschrieben und legte sich so darauf, dass sie den Fuchs sehen konnte.

Nun hatte der Fuchs aber zuvor ein Abkommen mit dem Storch getroffen. Immer, wenn er sich auf den Stein legte, war es das Zeichen für den Storch, dass er sich einen Frosch vom Rhabarber holen konnte. Der Stein war vom Storchennest hoch oben auf der Kirche gut zu sehen.

Als Gegenleistung musste der Storch dem Fuchs sagen, wo gerade niemand zu Hause war. Dort konnte er sich dann ungestört ein Huhn aus dem Hühnerstall oder ein paar Würste aus der Speisekammer holen. Denn von seinem hohen Nest sah der Storch genau, wenn jemand das Haus verließ.

„Schau", sagte Frau Storch zu ihrem Mann, „der Fuchs liegt auf dem Stein. Hole schnell den Frosch. Da brauchst du nicht lange suchen, nur einfach zupacken. Ich bleibe bei den Kleinen."

Also breitete Herr Storch seine Flügel aus und flog in Richtung Rhabarber. Aber dort war kein Frosch. Er schaute unter alle Blätter und suchte um den Rhabarber herum, nirgends ein Frosch.

„Und, wo kann ich einsteigen?", fragte der Fuchs, als er den Storch heran fliegen sah.

„Nirgends", antworte der Storch und klapperte böse mit dem Schnabel. „Was erlaubst du dir? Das war blinder Alarm. Kein Frosch, keine Auskunft." Damit tat er einen kräftigen Flügelschlag und flog zurück zum Nest auf der Kirche.

Der Fuchs mochte nicht glauben, was er da gehört hatte. So viele Frösche hatte er schon auf den Rhabarber gelockt. Dem einen hatte er versprochen, dass der Rhabarber die Bauchschmerzen beseitigen würde. Einem anderen sagte er, dass ein halber Tag auf dem Rhabarber die Sehkraft seiner Augen stärken würde. Und wieder einem anderen hatte er versprochen, dass der Rhabarber leise im Schlaf sprechen würde. Wenn man ihn beispielsweise fragte: „Welches Froschmädchen ist in mich verliebt?" Dann könne man es vom Rhabarber erfahren. Viele Froschjungen waren auf diesen Trick hereingefallen und vom Storch geschnappt worden. Wieso lag die schöne Elisabeth nicht mehr auf dem Rhabarber, als der Storch eintraf?

Der Fuchs lief zurück an die Stelle, wo er zuletzt mit Elisabeth gesprochen hatte. Weit vom Ufer saß sie im Wasser. Nur ihre Augen steckten noch heraus.

„Deine faltige Haut ist aber schnell geheilt", sagte der Fuchs hinterlistig.

„Ist sie nicht", antwortete Elisabeth schnippisch. „Ich habe deinen Plan durchschaut. Die Vereinbarung mit dem Storch kannst du vergessen. Nie mehr wird ein Frosch auf deine Lügen hereinfallen. Ich habe alle Frösche im See gewarnt."

Ohne ein weiteres Wort ging der Fuchs davon. Wie war dieser kleine Frosch nur hinter das Geheimnis gekommen?

Als Elisabeth knapp eine Minute auf dem Rhabarberblatt gelegen hatte, war ihre Haut ganz trocken geworden. Ja, sogar ein Sonnenbrand schien sich zu bilden. Entsetzt war sie wieder ins Wasser gehüpft. Und da sah sie, wie der Storch heran flog, und den Rhabarber absuchte. Als er nichts fand, flog er direkt weiter zum Fuchs. Nun war ihr alles klar. Die beiden steckten unter einer Decke.

Durch dieses Erlebnis war Elisabeth nicht schöner geworden. Der nächste Schönheitswettbewerb fand ohne sie statt. Dafür sprachen nun alle Frösche im See von der klugen Elisabeth. Und weil sie als weise galt, benahm sie sich jetzt auch so. Sie schaute nicht mehr nach dem schönsten Froschmann aus. Als jener vorbei hüpfte, den sie vor langer Zeit abgewiesen hatte, weil er nicht melodisch genug quaken konnte, fragte sie: „Gilt dein Angebot noch? Willst du mich noch heiraten?"

„Aber natürlich", quakte der Frosch total unmelodisch. Sein Quaken war immer noch fürchterlich. Doch das störte Elisabeth nun nicht mehr. Sie hatte inzwischen eingesehen, dass es keine vollkommenen Frösche gibt. Die beiden heirateten und waren sehr glücklich.

Immodes mag nur Goldklee

„Wenn du nicht richtig isst, wirst du im Winter sterben", sagte Mutter Mary böse zu ihrem Sohn Immodes.

„Pah, warum soll ich denn im Winter sterben?", antwortete Immodes frech, rollte sich zu einem Knäuel zusammen und ließ sich die Almwiese hinunter kollern.

Immodes war ein kleiner Murmeltierjunge. Im Sommer hatte er das Licht der Welt erblickt. Am liebsten lag Immodes faul auf einem warmen Stein in der Sonne. Wie ein Bettvorleger sah er dann aus. Er hatte einen schönen goldbraunen Pelz.

Immodes war ein Feinschmecker. Er aß nicht alles, was auf dem Speiseplan der Murmeltiere stand. Seine Lieblingsspeise war der Goldklee mit seinen saftigen Köpfen. Auf der Almwiese gab es aber nicht überall Goldklee. Deshalb musste Immodes manchmal lange suchen. Das ärgerte ihn zwar, aber er mochte den Klee nun mal am liebsten.

„Du darfst nicht nur Goldklee essen", hatte Mutter Mary zu Immodes gesagt. „Du musst auch von den anderen Gräsern und einige Wurzeln essen. Damit du groß und stark wirst und Fett ansetzt. Das ist wichtig für den Winterschlaf."

„Blöder Winterschlaf", dachte Immodes. „Glaubst du an den Winterschlaf?", hatte er seinen Freund Happo gefragt.

„Ich weiß nicht", hatte Happo geantwortet. „Mein Vater sagt, er kommt bald."

Happo stopfte alles in sich hinein, was sein Vater ihm zeigte und wovon er behauptete, dass es gut sei. Aber, war Happos Vater auch wirklich so schlau? Immodes mochte jedenfalls kein Mutterwurz, Fingerkraut, Löwenzahn, Flöhkraut oder wie all die anderen Gräser und Pflanzen auf der Almwiese hießen. Und Wurzeln ausgraben, das war ihm viel zu anstrengend. Ihm genügte der Goldklee.

Als Immodes den Abhang hinunter gekollert war, richtete er sich auf seinen Hinterpfoten auf und blickte in die Runde. Da ertönte ein scharfer Pfiff. Das bedeutete höchste Gefahr. Alle Murmeltiere auf der Wiese verschwanden blitzschnell in ihren unterirdischen Höhlen. Immer wenn ein Murmeltier eine Gefahr witterte, stieß es so einen Pfiff aus. Dann waren alle gewarnt.

Als Immodes noch kleiner gewesen war, hatte er mit seinem Bruder auf der Wiese gespielt, als so ein Pfiff ertönte. Beide tollten wild umher und achteten nicht auf den Pfiff. Plötzlich war da wie aus dem Nichts ein großer Adler. Mit seinen scharfen Krallen hatte der Adler Immodes Bruder gepackt und war davon geflogen. Nie wieder hatte Immodes etwas von seinem Bruder gehört oder gesehen. Aber sein Bruder hatte fürchterlich geschrien, als ihn der Adler packte. Das konnte Immodes nicht vergessen. Deshalb verschwand Immodes nach diesem Erlebnis immer sofort in der nächsten Höhle, wenn ein Pfiff ertönte. Er kannte alle Höhleneingänge auf der Almwiese.

Nach einiger Zeit steckte Immodes vorsichtig seinen Kopf aus der dunklen Höhle. Die Luft schien rein zu sein. Auf der Wiese waren bereits wieder einige andere Murmeltiere zu sehen. Immodes kroch ganz heraus. Drüben am großen Stein sah er Goldklee stehen. Immodes ging hin und aß ein wenig davon.

„Na, schmeckt es?", fragte sein Freund Happo, der gerade vorbei kam.

„Ach ich glaube, ich habe schon zu viel gegessen", antwortete Immodes.

„Davon sieht man aber nichts", gab Happo zurück. „Guck mal hier. Das ist ein Bauch."

Happo machte Männchen und zeigte seine stattliche Figur. Und wirklich. Er war dicker als Immodes.

„Pass bloß auf, dass du nicht zu fett wirst", sagte Immodes zu seinem Freund. „Wenn du zu dick wirst, kannst du nicht mehr schnell genug laufen, wenn der Pfiff ertönt und wirst geschnappt."

„Ich kann immer noch schnell genug laufen", antwortete Happo. „Das Fett ist wichtig für den Winterschlaf. Davon leben wir sieben Monate lang. Im Winter schlafen alle Murmeltiere nämlich nur und gehen nicht mehr auf die Wiese, hat mein Vater gesagt."

„So, so. Hat dein Vater gesagt. Und du glaubst wirklich, dass wir sieben Monate schlafen und nichts mehr essen gehen?"

„Warum nicht? Es soll sehr kalt werden im Winter. Gefrorenes Wasser liegt dann überall. Man nennt das Schnee. Und es gibt überhaupt kein grünes Gras mehr."

„Was dein Vater alles weiß. Na wir werden ja sehen."

Am Abend rief der alte Murmelbär Carlos seine ganze Sippe zusammen. Er war der

Häuptling. Carlos verkündete, dass am nächsten Tag alle damit beginnen sollten, getrocknetes Gras in den großen Schlafsaal zu bringen. Es habe schon begonnen kühler zu werden. Bald würde der Winter da sein.

So begannen am nächsten Tag alle Murmeltiere getrocknetes Gras in den großen Schlafsaal zu schleppen. Auch Immodes half mit. Aber nach zwei Tagen dachte Immodes: „Die übertreiben aber. Es ist doch schon genug Heu im Schlafsaal." Immodes machte nicht mehr mit. Er legte sich auf einen warmen Stein und ließ sich die Sonne auf den Pelz brennen. Alle anderen Murmeltiere schleppten immer noch Heu in den Schlafsaal. Besonders Mary, Immodes Mutter, war sehr fleißig. Mehrmals hatte sie ihren Sohn ermahnt mitzuhelfen. Doch Immodes meinte, es sei schon genug Heu im Schlafsaal.

Nach einigen Tagen rief der alte Carlos wieder seine Sippe zusammen. Er verkündete, dass es nun so weit sei, mit dem Winterschlaf zu beginnen. Alle Murmeltiere tappten in den großen Schlafsaal. Carlos und zwei andere Murmelbären verschlossen alle Höhleneingänge mit einer Mauer aus Lehm. Dann legten sich alle Murmeltiere auf dem frischen Heu im Schlafsaal hin. Sie kuschelten sich ganz dicht zusammen, die jungen in der Mitte. Alle schliefen ein, auch Immodes.

Nach zwei Monaten wachte Immodes aber wieder auf. Er fror und zitterte am ganzen Körper. Aber das Schlimmste war, er hatte furchtbaren Hunger. Alle anderen Murmeltiere schliefen noch. Immodes wunderte sich darüber. Denn gewöhnlich war er nicht der erste, der morgens aufwachte. Immodes hatte gar nicht gemerkt, dass er schon zwei Monate geschlafen hatte. Er dachte, es sei nur eine Nacht gewesen. Also stand er auf und schlich zum Ausgang der Höhle. Doch der Ausgang war verschlossen. Da fiel es Immodes wieder ein. Sie hatten sich ja zum Winterschlaf hingelegt. Deshalb war der Eingang zugemauert. Jetzt würde er auch den Winter sehen, freute sich Immodes. Doch erst einmal wollte er etwas frischen Goldklee fressen. Denn er hatte immer noch furchtbaren Hunger und zitterte vor Kälte.

Mit ein paar kräftigen Pfotenhieben zertrümmerte Immodes die Mauer aus Lehm. Ein eisiger Wind schlug ihm entgegen. Immodes blickte hinaus. Aber was war das? Dort, wo sonst die grüne Almwiese im Sonnenschein lag, war jetzt eine weiße Ebene. Überall war es weiß.

Nicht ein einziges Goldkleeblatt war zu sehen. Immodes zitterte noch mehr vor Kälte. Was sollte er jetzt tun? Vorsichtig probierte er etwas von dem Schnee. Auf seiner Zuge zerschmolz es zu Wasser. Da hatte Happos Vater also doch recht gehabt. Immodes konnte den Schnee zwar fressen, doch er stillte nicht den Hunger.

Da hörte Immodes die Stimme des alten Häuptlings hinter sich. Carlos war aufgewacht, als durch den offenen Höhleneingang kalte Luft in den Schlafsaal gezogen war.

„Was machst du denn hier?", polterte Carlos los. „Bist du verrückt? Mitten im Winter die Eingangsmauer aufzubrechen."

„Ich wollte doch nur etwas fressen gehen", stotterte Immodes.

„Jetzt im Winter?" Carlos sah ihn entgeistert an. „Den ganzen Sommer hattest du Zeit zu fressen. Los, ab mit dir in den Schlafsaal."

„Aber ich habe doch Hunger", wimmerte Immodes.

Doch Carlos hörte nicht mehr hin. Er begann gleich, die eingerissene Mauer wieder aufzubauen. Im Schlafsaal waren jetzt fast alle Murmeltiere aufgewacht. Mary nahm ihren Sohn in den Arm, der immer noch vor Kälte zitterte.

„Ich habe es kommen sehen", sagte sie. „Aber du wolltest ja nicht auf mich hören. Weil du nicht genug gegessen hast und dann immer nur Goldklee, frierst du jetzt, hast Hunger und kannst nicht schlafen."

Der alte Carlos hatte den Eingang wieder verschlossen und kam zurück. Im Schlafsaal richtete er sich groß auf und schimpfte los: „So ein dummer Junge. Will mitten im Winter hinausgehen und fressen. Mary, hast du ihm denn nicht gesagt, dass wir den ganzen Winter über schlafen?"

„Doch, habe ich. Aber er hat mir wohl nicht geglaubt."

„Und richtig gegessen hat er im Sommer wohl auch nicht. Ganz mager ist er. Kein bisschen Fett auf den Rippen. Er wird den Winter nicht überleben. Schicken wir ihn besser gleich in die Sterbekammer."

Die Sterbekammer war eine ganz kleine Höhle. Dort gingen jene Murmeltiere hin, die alt geworden waren und fühlten, dass sie bald sterben mussten. Einen Murmeltierjungen in die Sterbekammer zu schicken, war noch nie vorgekommen.

„Das wird nicht nötig sein", sagte Mary. „Ich habe es kommen sehen und vorgesorgt. In einer

Vorratskammer habe ich viel Heu, getrocknete Pflanzen und Wurzeln eingelagert. Da soll Immodes essen gehen."

Jetzt begriff Immodes, warum seine Mutter kurz vor dem Winter so fleißig gewesen war. Gierig stürzte Immodes sich auf die Vorräte in der Kammer. Sie schmeckten überhaupt nicht. Ekelhaft, diese getrockneten Pflanzen. Im Sommer hatte Immodes sie verachtet. Doch jetzt aß er sie. Denn sie stillten seinen Hunger. Als er satt war, legte er sich wieder zu den anderen schlafen. Noch mehrere Male während des Winters wachte Immodes auf und ging in die Vorratskammer, um seinen Hunger zu stillen. Denn von einmal Essen gab es noch kein dickes Fettpolster.

Ein Glück, dass seine Mutter diesen Vorrat angelegt hatte. Für Immodes stand fest: Im nächsten Sommer würde er alle Pflanzen essen, die gut für Murmeltiere waren. Er würde sich ein schönes Fettpolster zulegen und ungestört den ganzen Winter schlafen können.

Königin Maria macht ein Geschenk

„Majestät, heute sind schon wieder einige Arbeiterinnen nicht Heim gekommen", erstattete der erste Ameisenoffizier Bericht. „Um genau zu sein: Zweiundzwanzig Arbeiterinnen fehlen. Wir haben es offenbar mit einem hinterhältigen Feind zu tun. Denn wieder hat niemand gesehen, wie sie abhanden gekommen sind."

„Haben Sie einen Verdacht?", fragte Königin Maria ihren treuen Offizier.

Maria war die Ameisenkönigin des großen Ameisenhaufens unter der alten Kiefer am Waldrand. Über dreitausend Ameisen gehörten zu ihrem Staat. Die meisten davon waren Arbeiterinnen. Es gab aber auch fünfhundert Soldaten. Die Ameisensoldaten bewachten die Eingänge zum Ameisenhaufen und beschützten die Arbeiterinnen auf ihren Sammel- und Beutezügen. Täglich erstattete der erste Offizier Königin Maria Bericht über besondere Ereignisse. Dies war nun schon der fünfte Tag, dass er das Fehlen einiger Arbeiterinnen berichten musste. Sehr ernst stand der erste Offizier vor seiner Königin, als er seinen Verdacht vortrug.

„Ich vermute Überfälle von Königin Agnes' Untertanen", sagte er knapp.

„Worauf begründet sich Ihr Verdacht?", wollte die Königin wissen.

„Nun, alle verschwundenen Arbeiterinnen waren nach Osten ausgezogen, um Nahrung zu suchen. Im Osten ist das Reich von Königin Agnes. Dort befinden sich auch einige unserer Blattlaus-Kollonien. Etwa vierhundert Blattläuse fehlen seit heute morgen. Vermutlich überraschten unsere fehlenden Arbeiterinnen die Diebe und wurden getötet."

„Aber wir haben klare Grenzen mit Königin Agnes und einen Nichtangriffspakt", wandte die Königin ein. „Wir jagen nicht in ihrem Gebiet und sie jagt nicht in unserem Land. So lautet der Vertrag."

„Ich weiß", erwiderte der erste Offizier. „Es ist zwar nur ein Verdacht, doch ein sehr nahe liegender. Ich schlage vor, dass wir im östlichen Grenzland zusätzliche Wachsoldaten aufstellen."

Königin Maria stimmte diesem Vorschlag zu. Gleich am nächsten Morgen, noch bevor die Arbeiterinnen erwachten, machte sich ein Trupp Ameisensoldaten auf den Weg ins östliche Grenzland. Im Grenzland standen viele niedrige Büsche. In einigen Büschen unterhielten die Ameisen Blattlaus-Kollonien. Blattläuse produzieren einen süßen Saft, den die Ameisen gerne trinken. Die Ameisen beschützen die Blattläuse und transportieren sie immer auf jene Zweige, wo gerade die saftigsten Blätter wachsen. Dort haben die Blattläuse genug zu fressen und produzieren noch mehr süßen Saft.

Die zusätzlichen Wachsoldaten machten eine furchtbare Entdeckung. Fast alle Blattläuse der östlichsten Kolonie waren verschwunden. Aufgeregt machten sie sich auf Spurensuche. Kurz vor der Grenze erwischten sie eine von Königin Agnes' Arbeiterinnen. Die Arbeiterin hatte sich zwei Beine gebrochen. Auf ihren vier noch gesunden Beinen konnte sie deshalb nicht so schnell laufen.

„Was machst du hier in unserem Land?", fragte der Truppführer der Wachsoldaten die gefangene Ameise.

„Ich habe nur mal geschaut wie es bei euch aussieht?"

„Und süßen Saft gestohlen!", ergänzte der Truppführer.

„Nie würde ich so etwas tun", beteuerte die Arbeiterin.

„Und wieso hast du ein so verklebtes Maul?"

Der Truppführer hatte sogleich bemerkt, dass die fremde Ameise Blattlaussaft getrunken hatte.

„Ich habe nur mal probiert", versuchte sich die erwischte Arbeiterin herauszureden.

Doch alles Lügen half nichts. Die Arbeiterin mit den zwei gebrochenen Beinen wurde gefangen genommen und zum Verhör vor den ersten Offizier gebracht. Der verhörte sie sehr streng. Nach einigen Stunden gestand die kleine Arbeiterin die volle Wahrheit.

Königin Agnes habe befohlen, Blattläuse zu stehlen und sie auf eigene Kolonien zu bringen. Die verschwundenen Arbeiterinnen seien getötet worden, weil sie den Diebstahl beobachtet hatten.

Am Abend berichtete der erste Offizier Königin Maria, was er herausgefunden hatte. Er machte den Vorschlag, die Ameisen von Königin Agnes zu bestrafen und die gestohlenen Blattläuse zurück zu holen. Das sei allerdings riskant. Denn Agnes' Volk sei inzwischen sehr groß geworden. Es war sogar größer als ihr eigenes Volk. Es könnte zum Krieg kommen. Und bei einem Krieg wisse man nicht so genau, wer siegen werde.

„Ich hätte nicht gedacht, dass Königin Agnes sich nicht an unseren Grenzvertrag hält", sagte Königin Maria. „Du hast recht, ein offener Angriff könnte jetzt böse Folgen haben. Machen wir der Agnes also ein Geschenk."

„Ein Geschenk?", fragte der erste Offizier erstaunt.

„Ja", sagte Königin Maria. „Ein Geschenk. Gestern haben meine Arbeiterinnen doch diese grüne Raupe gefangen und in unseren Ameisenhaufen gebracht. Sie produziert köstlichen, süßen Saft, süßer als der von den Blattläusen. Bringt sie Königin Agnes als ein Geschenk von mir."

„Ich bitte um Entschuldigung Majestät", wandte der erste Offizier ein. „Aber ist diese grüne Raupe nicht zu kostbar für Agnes, eine Königin, die sich nicht an unseren Vertrag hält?"

„Es wird sie friedlich stimmen", antwortete Königin Maria.

Der erste Offizier tat wie ihm befohlen. Sie brachten die grüne Raupe zu Königin Agnes in ihren Ameisenhaufen. Königin Agnes freute sich sehr über dieses Geschenk. Die Raupe lieferte köstlichen süßen Saft. Agnes liebte diesen Saft sofort. Niemand außer ihr durfte von dem köstlichen Saft trinken.

Die Raupe war größer als die Ameisen. Je mehr sie fraß, desto größer wurde sie. Weil Ag-

nes viel Saft haben wollte, musste die Raupe auch viel fressen. Am liebsten fraß die Raupe Ameiseneier. Bald war der ganze Ameiseneiervorrat aufgefressen. Die Königin konnte gar nicht so schnell neue Eier legen. Bei den Ameisen legt nur die Königin Eier. Die Raupe wurde immer fetter und größer. Sie wollte nichts anderes mehr fressen, als Ameiseneier. Immer wenn die Königin ein neues Ei legte, fraß sie es sofort auf. Die Arbeiterinnen legten der Raupe auch anderes Fressen hin. Doch das mochte sie nicht mehr. Die Raupe und die Königin teilten sich jetzt eine Kammer. Die Königin trank den köstlichen süßen Saft der Raupe und die Raupe fraß jedes frisch gelegte Ameisenei.

Während die Raupe immer größer und stärker wurde, nahm die Königin immer mehr ab. Denn sie ernährte sich nur noch von dem süßen Saft der Raupe. Dieser süße Saft schmeckte zwar sehr gut, enthielt aber nicht alles, was eine gesunde Königin zum Leben braucht. Als die Königin das merkte, war sie bereits so geschwächt, dass sie kaum noch Eier legen konnte. Eines Tages war sie nicht mehr imstande, auch nur ein einziges Ei zu legen. Darüber wurde die Raupe sehr zornig. Sie riss ihr Maul auf und fraß die Königin.

Alle Arbeiterinnen und die Soldaten in Agnes' Ameisenhaufen waren entsetzt. Sie hatten jetzt keine Königin mehr. Die Raupe war inzwischen so groß und stark geworden, dass niemand wagte sie anzugreifen. Was hätte es auch genützt? Die Königin war nicht mehr da. Und ohne Königin sterben die Ameisen aus.

Am nächsten Tag marschierten die noch lebenden Arbeiterinnen und Soldaten zum Ameisenhaufen von Königin Maria. Sie baten um die Erlaubnis, ihre Untertanen zu werden.

Königin Maria nahm sie gnädig auf. Auch das Reich von der gefressenen Königin Agnes gehörte nun ihr.

„Was machen wir jetzt mit der Raupe?", fragte der erste Offizier. „Sie ist sehr stark. Zwar können wir sie besiegen, aber sie wird viele von unseren Soldaten töten."

„Wir unternehmen nichts gegen die Raupe", antwortete Königin Maria. „Sie sollte jetzt bald groß genug sein, um sich zu verpuppen. Dann ist sie wehrlos und wir können sie einfach holen. Ich freue mich schon auf das Festmahl. Schick ein paar Beobachter hin, damit sie uns nicht entwischt."

Der erste Offizier war stolz darauf, bei einer so weisen Königin zu dienen. Nicht mit einem Kampf, sondern mit einem Geschenk hatte sie ihr Reich vergrößert und nun gab es auch noch einen Festtagsschmaus.

Die verfeindeten Igel

In zwei angrenzenden Gärten lebten zwei Igel. Jeder ernährte sich von dem, was sein Garten zu bieten hatte. Doch im Sommer gab es immer Ärger. Denn am Gartenzaun zwischen den beiden Gärten stand ein Zwetschgenbaum. Wenn die Zwetschgen reif waren und zu Boden fielen, wollte jeder so viele wie möglich ergattern und verspeisen. Denn beide liebten die herrlich süßen Zwetschgen.

Der eine Igel hieß Sabrina, der andere Vera. Der Zwetschgenbaum stand in Sabrinas Garten. Deshalb war Sabrina der Meinung, nur sie dürfe die schmackhaften Zwetschgen essen. Aber weil der Baum ganz nahe am Zaun stand, fiel die Hälfte aller Zwetschen in Veras Garten. Und dort sammelte Vera alles auf, was sie bekommen konnte. Das ärgerte Sabrina. Deshalb schlich sie in Veras Garten und grapschte zuerst dort nach den Zwetschgen, bevor sie sich im eigenen Garten um die Früchte kümmerte. Als Vera das bemerkte, schlich sie in Sabrinas Garten und holte sich von dort ihren Anteil.

Darauf schimpfte Sabrina fürchterlich und jagte Vera aus ihrem Garten. Aber auch Vera schrie laut und beschuldigte ihre Nachbarin des Diebstahls, weil sie sich die Zwetschgen aus ihrem Garten geholt hatte.

„Der Baum steht in meinem Garten!", schrie Sabrina. „Deshalb gehören mir alle Früchte. Basta!"

„Denkste!", erwiderte Vera. „Was in meinen Garten fällt, gehört mir!"

So beschimpften sich beide immer wieder und konnten die süßen Zwetschgen gar nicht so recht genießen.

Oben im Zwetschgenbaum saß ein Rabe, der sich seinen Anteil an den Zwetschen holte. Er pickte die Früchte, bevor sie zu Boden fielen.

„He, du!", schimpfte Sabrina hinauf. „Was fällt dir ein, meine Zwetschen zu futtern? Sieh zu, dass du wegkommst!"

„Pah!", antwortete der Rabe. „Was kümmert mich, wo der Baum steht. Willst du etwa hier herauf kommen, und mich verjagen? Versuch es ruhig."

Sabrina betrachtete den Baumstamm. Aber zum Raben konnte sie unmöglich hinauf klettern. So musste sie mit ansehen, wie der Rabe seelenruhig die besten Zwetschgen wegfraß. Und zu allem Ärger schmatzte Vera auf der anderen Seite des Zaunes zufrieden eine Frucht und grinste herüber. Wütend schlüpfte Sabrina unter dem Zaun hindurch und stürzte sich auf Vera. Doch die hatte sich schnell zusammen gerollt und war nun eine stachelige Kugel. Wo Sabrina auch hinschlug, sie stach sich nur selber die Pfoten, bis sie bluteten. Zum größten Hohn kicherte Vera auch noch aus ihrer Stachelkugel. Beleidigt ging Sabrina in ihren Garten zurück und schwor Rache.

Auf dem Speiseplan der Igel stehen nun aber nicht nur süße Zwetschen. Sie mögen auch Käfer, Regenwürmer und Frösche verspeisen. Ganz selten fangen sie sogar ein Schlange. Dieses Glück hatte Sabrina. Eine Schlange hatte sich in ihren Garten verirrt und wurde von Sabrina erwischt.

„Wenn du mich am Leben lässt, verrate ich dir, wie du dich an deiner Nachbarin rächen kannst", sagte die Schlange. „Ich habe von eurem Streit gehört. Es ist schon schlimm genug, dass die Vögel dir die besten Früchte wegschnappen. Mit meinem Rat wirst du Vera los, für immer."

Das machte Sabrina neugierig. Sie lauschte den Worten der Schlange. Der Vorschlag gefiel ihr. Deshalb ließ sie die Schlange am Leben.

Kurz darauf sagte Sabrina zu Vera: „Wir wollen uns vertragen. Du kannst die Zwetschgen behalten, die in deinen Garten fallen, obwohl der Baum in meinem Garten steht."

„Schön", antwortete Vera. „Ich bin einverstanden und verspreche, dass ich auch nicht mehr heimlich in deinen Garten komme und Zwetschgen hole."

„Großartig", erwiderte Sabrina. „Lass uns dieses Abkommen mit zwei Zwetschen besiegeln. Einen Augenblick, ich habe zwei besonders schöne."

Sie rannte davon und kam mit einem kleinen, runden Teller zurück, auf dem zwei wunderschöne und reife Zwetschgen lagen. Die eine war ein klein wenig größer als die andere. Sabrina stellte den Teller so ab, dass die größere Frucht vor Vera stand.

„Dann lass uns diesen Festschmaus genießen", sagte Sabrina.

„Ja", antwortete Vera. „Und was der Räuber da oben klaut, dass können wir verschmerzen."

Bei diesen Worten blickte sie nach oben, wo der Rabe im Zwetschgenbaum saß und an einer Frucht pickte. Auch Sabrina blickte kurz nach oben und meinte dann: „Vielleicht fällt mir für den auch noch etwas ein."

Dann griffen beiden nach der Zwetschge, die vor ihnen lag und verspeisten sie.

„Ich hoffe, deine schmeckt auch so gut, wie sie aussieht", sagte Sabrina. „Meine ist vorzüg

lich." Dabei leckte sie sich das Maul, verdrehte die Augen und kippte zur Seite.

Erschrocken blickte Vera zu Sabrina. Sie war tot umgefallen.

„Hast du das gesehen?", fragte Vera den Raben oben im Baum. „Wieso ist Sabrina nun tot?"

„Komische Frage", antwortete der Rabe. „Die größere Zwetschge hat sie von der Schlange vergiften lassen. Woher hast du das gewusst? Ich habe genau gesehen, wie du den Teller schnell so gedreht hast, dass sie die größere Zwetschge bekam?"

„Das sie vergiftet war, habe ich gar nicht gewusst", antwortete Vera empört. „Ich wollte nur, dass Sabrina die größere Zwetschge bekommt. Denn sie kam ja mit dem Freundschaftsangebot. Da musste ich doch auch etwas Gutes tun. Deshalb habe ich den Teller schnell gedreht, als sie zu dir hinauf schaute."

Der beste Baum im Walde

„Ich bin zum Baum des Jahres 1995 gewählt worden", verkündete der Ahorn stolz und reckte sich, dass die Blätter nur so rauschten.

„Wie kommst du denn darauf?", fragte die Buche und schaute misstrauisch herüber.

„Da, da in der Zeitung, da steht es." Der Ahorn wies mit einem langen Ast auf die am Boden liegende Zeitung. Der Wind hatte sie hergeweht. Lies selber: „Die Schutzgemeinschaft Deutscher Wald hat den Ahorn zum Baum des Jahres 1995 erklärt."

„Wieso haben sie dich gewählt?", mischte sich die Fichte in die Unterhaltung ein. „Bist du etwas Besseres als wir?"

Der Ahorn schwieg und streckte sich erneut. Denn jemand hatte etwas von der Zeitung abgerissen. Genau die Stelle, wo man hätte lesen können, weshalb der Ahorn gewählt worden war. Deshalb wusste er nicht, warum man ihn gewählt hatte. Krampfhaft überlegte der Ahorn.

„Ich bin eben der beste Baum im Walde", sagte er schließlich. „Genügt euch das nicht? Oder könnt ihr nicht lesen?"

Beleidigt zogen die anderen Bäume ihre Zweige ein wenig ein.

„Womit hast du die Typen von der Schutzgemeinschaft denn bestochen?", wollte die Buche wissen.

Entrüstet blickte der Ahorn um sich. „Ich sorge für eine gute Auflockerung des Waldbodens. Wisst ihr das nicht?" Wieder wies der Ahorn auf die am Boden liegende Zeitung.

„Damit noch mehr Unkraut sprießen kann", sagte die Fichte spitz.

Der Ahorn überhörte die Bemerkung, machte sich jedoch eine Notiz, als wolle er damit vor Gericht ziehen. Fichte und Buche steckten ihre Köpfe über der Zeitung zusammen. Schließlich erhoben sie sich wieder.

„Was meinst du, wie lange du der beste Baum im Walde bleiben wirst?", fragte die Fichte, sie war schon recht alt.

„Für immer, selbstverständlich", antwortete der Ahorn und hob seine Baumkrone noch ein wenig höher.

„Und wenn sie dich abwählen?"

„Mich wählt niemand ab", erwiderte der Ahorn schnell, obwohl ihm dabei ein wenig mulmig wurde. „Der beste Baum bleibt der beste Baum. Alles klar?"

Die anderen Bäume im Walde senkten ihre Köpfe und mochten es nicht glauben. Aber es stand schließlich schwarz auf weiß in der Zeitung.

Am nächsten Tag kam ein Förster in den Wald. Er setzte sich unter den Ahornbaum und packte ein Butterbrot aus.

„Da, seht ihr", flüsterte der Ahorn zu den anderen Bäumen, „der Förster weiß auch Bescheid und liebt mich. Nicht unter euren, sondern unter meinen Schatten hat er sich gesetzt."

Die anderen Bäume schwiegen und schauten den Ahorn nicht mehr an.

Nachdem der Förster sein Brot gegessen hatte, holte er eine Sprühdose aus seiner Tasche. Er stellte sich vor den Ahornstamm und sprühte darauf ein rotes Kreuz.

Der Ahorn wedelte freudig mit den Zweigen und sagte laut zu den anderen Bäumen, als der Förster gegangen war: „Da seht ihr es. Der Förster hat mich sogar mit einem schönen Kreuz verziert. Ich bin der beste Baum im Walde."

Doch die anderen Bäume mochten es nicht hören und wandten sich ab. Niemand begriff, warum der Förster den Ahorn mit einem roten Kreuz verziert hatte. Ausgerechnet den Ahorn, wo er seit dem Zeitungsartikel sowieso schon die Nase höher trug.

Als die übrigen Bäume am darauf folgenden Tag immer noch schwiegen, ergriff der Ahorn wieder das Wort: „Eigentlich solltet ihr euch freuen, dass ihr so nahe am besten Baum des Waldes stehen dürft. Statt dessen straft ihr mich mit Verachtung. Was seid ihr doch eingebildet."

„Wir, und eingebildet?", raschelte die Buche mit ihren Blättern. „Niemals. Ich bin nicht eingebildet. Ich wachse nach wie vor so gut ich eben kann."

„Eben", erwiderte der Ahorn. „Du merkst gar nicht, wie du mir das Licht nimmst. Im Herbst wirfst du auch noch deine Bucheckern an meinen Stamm. Wenn du das diesen Herbst wieder machst, werde ich mich bei der Schutzgemeinschaft Deutscher Wald beschweren. Dann hast du in Zukunft keine Chance, dass die dich überhaupt beachten."

„Oh, entschuldige", sagte die Buche und zog einige Äste zurück, damit die Sonne besser auf den Ahorn scheinen konnte. Denn all zu gerne wäre sie auch einmal der beste Baum im Walde geworden.

Die anderen Bäume folgten dem Beispiel der Buche. Vielleicht wählte man sie dann auch mal zum besten Baum. Nur die alte Fichte war schon so knorrig, dass sie ihre Äste nicht zur Seite drehen mochte. Sie glaubte auch nicht mehr daran, dass man sie je zum besten Baum im Walde wählen würde. Trotzig blieb sie stehen, wie sie eben stand.

„Da, seht nur!", schimpfte der Ahorn. „Die Fichte hat es nicht nötig, mir Achtung entgegen zu bringen. Mir, dem besten Baum im Walde. Nach wie vor macht sie sich breit und fängt die dicksten Regentropfen aus dem Westen ab."

Die letzten Worte des Ahorns hatten weinerlich geklungen. Alle Bäume schauten böse zur Fichte, weil sie immer noch keine Anstalten machte, sich ein wenig zu bewegen.

„Ja, ich werde sie zerhacken", schaltete sich plötzlich ein Buntspecht ein. „Sie zeigt überhaupt keinen Respekt. Auf die Knie mit dir!"

Doch die Fichte rührte sich nicht. Der Buntspecht flog an ihren Stamm und begann sofort daran herumzuhacken."

„Nur zu", brummte die Fichte. „Befrei mich von den lästigen Würmern und Käfern. Das ist doch alles, was du willst. Gib also nicht so an. Du kannst mich gar nicht zerhacken."

Der Buntsprecht sagte nichts. Er sprang noch ein wenig am Stamm der Fichte auf und ab, bevor er davon flog.

Da nun die anderen Bäume die Fichte nicht mehr anschauten, strengte auch sie sich an, ihre

Äste ein wenig einzuziehen. So verehrten alle Bäume ihren Ahorn wie einen König. Sie machten ihm Platz, damit er sich noch besser ausbreiten konnte.

Einige Tage später tuckerte ein Traktor in den Wald. Vor dem Ahorn blieb er stehen. Zwei Männer sprangen herunter.

„Das ist er", sagte der eine Mann und deutete auf das rote Kreuz.

Der Ahorn jubilierte. Jetzt kamen sogar Männer in den Wald, nur, um ihn zu sehen. Dann holte der zweite Mann eine große Kettensäge vom Traktor. Mit ihr ging er direkt auf den Ahorn zu, warf die Säge an und setzte sie an den Stamm des Ahorns.

Entsetzt hörte der Ahorn den Lärm der Kettensäge und spürte ihre reißenden Zähne, die sich rasch in seinen Stamm fraßen. Laut schrie er vor Schmerzen auf und stürzte um. Der Ahorn war tot. Die Männer sägten noch die großen Äste von seinem Stamm ab, banden ihn an den Traktor und schleiften ihn aus dem Wald.

Atemlos hatten die übrigen Bäume das Schauspiel beobachtet. Wo einst der schöne Ahorn gestanden hatte, klaffte nun eine riesige Lücke. Nur langsam begriffen sie, dass das rote

Kreuz keine Verzierung dargestellt hatte. Es war für die Waldarbeiter das Zeichen, diesen Baum zu fällen. Nun waren alle Bäume froh, dass der Förster kein Kreuz an ihren Stamm gesprüht hatte.

Ein teuflischer Plan

Diabos war ein junger Fledermausmann mit einem teuflischen Plan. Er hatte gerade die Fledermausschule abgeschlossen. Nun war er endlich frei und erwachsen. Nie mehr musste er in den Unterricht der furchtbaren alte Schachtel, wie er seine ehemalige Lehrerin nannte. Eine richtige Hexe. Jeden Schultag hatte sie ihm versalzen. „Diabos, pass auf! Diabos häng nicht immer so schief da! Diabos, die Schule ist nicht zum Schlafen! Diabos, du hast schon wieder zwanzig Fehler gemacht!" Solche und ähnliche Sätze hatte er jeden Tag zu hören bekommen. In den letzten Schultagen schwor er sich deshalb: Die bringe ich um.

Zuerst wusste Diabos nicht, wie er die alte Lehrerin am besten umbringen könnte. Er war zwar stark genug, um sie einfach zu erwürgen. Aber es könnte auch sein, dass es nicht beim ersten Angriff klappte. Denn obwohl sie vor Alter schon arg zittrig flog, war sie immer noch recht kräftig. Wenn sie ihn abwehrte und laut quiekte, könnten es die anderen Fledermäuse hören. Der alte Häuptling würde ihn anklagen. Auf Mord unter Fledermäusen stand die Todesstrafe. Er musste es so geschickt anfangen, dass niemand ihn verdächtigte.

Langsam reifte ein Plan in Diabos. Er beobachtete die alte Lehrerin und prägte sich ihre Gewohnheiten ein. Sie flog immer schon früh am Abend los, um ein paar fette Hummeln zu erwischen. Hummeln waren ihr Leibgericht.

Sobald es dunkel wurde, suchten die Hummeln ihren Bau auf und schliefen nachts. Deshalb musste die alte Lehrerin auch immer schon früh los.

Diabos plante, ein paar Hummeln zu präparieren. Er wollte einige Hummeln vergiften. Wenn die alte Lehrerin dann die vergifteten Hummeln fraß, würde sie auch sterben.

Deshalb beobachtete Diabos auch die Gewohnheiten der Hummeln. Sie kamen immer wieder zum Hagebuttenstrauch in der Nähe der Fledermaushöhle. Dort setzten sie sich auf die rosaroten Blüten und schlürften Nektar. Hummeln zu vergiften, konnte also nicht so schwierig sein, dachte Diabos. Er pflückte drei Blätter von einem Fingerhut. Die Blätter zerkleinerte er und machte einen ganz feinen Brei daraus. Fingerhutblätter enthalten nämlich ein starkes Gift. Jede Hummel, die davon fraß, würde sofort sterben. Kleine Portionen des Fingerhutbreis kleckerte Diabos in die Hagebuttenblüten. Dann beobachtete er, wie die Hummeln herankamen.

Doch die Hummeln fraßen den Brei nicht. Geschickt kletterten sie um den Brei herum, ohne auch nur davon zu kosten. Vielleicht ist er zu bitter, dachte Diabos. Er setzte einen neuen

Brei an. Diesmal mischte er ein paar süße Walderdbeeren unter. Jetzt duftete der Brei sogar nach Erdbeeren. Doch die Hummeln verschmähten auch diesen Brei. Keine einzige Hummel rührte den Brei an.

Diabos wurde böse. Sein Plan drohte zu scheitern. Er schnappte sich fünf Hummeln und schlitzte ihnen den Bauch auf. In den Bauch stopfte er etwas von seinem Fingerhutbrei. Die toten Hummeln mit dem tödlichen Brei legte er auf ein kleines Sims gleich neben dem Eingang der Fledermaushöhle. Wenn die alte Lehrerin die fetten Hummeln sah, würde sie bestimmt gleich zupacken. Sie brauchte sie nicht mehr zu jagen. Und sie waren besonders dick, weil sie mit Brei vollgestopft waren.

Diabos versteckte sich hinter einem großen Blatt des Kastanienbaumes und beobachtete, wie die alte Lehrerin früh abends aus der Fledermaushöhle flog. Sie warf einen kurzen Blick auf die fünf fetten Hummeln auf dem Sims. Doch sie beachtete sie nicht weiter. Sie jagte sich ein paar fliegende Hummeln, die gar nicht so fett waren. Auch als die Lehrerin von ihrem Flug zurück kam, rührte sie die vergifteten Hummeln nicht an. Sie flog an ihren Schlafplatz und schloss zufrieden die Augen.

Diese alte Hexe, dachte Diabos, sie mag nur frische, lebende Hummeln. An toten schnuppert sie nicht einmal.

Es vergingen mehrere Tage, bis Diabos eine neue Idee hatte, wie er seine alte Fledermauslehrerin umbringen könnte. Er musste ein paar lebende Hummeln so vergiften, dass sie noch fliegen konnten. Wenn die Lehrerin die fraß, hatte er sein Ziel erreicht.

Doch es war gar nicht so einfach, Hummeln so zu fangen, dass sie nicht verletzt wurden. Erst nach vielen Versuchen hatte Diabos drei lebende Hummeln gefangen und unverletzt in ein kleines Felsenloch gesperrt. Das Loch hatte er mit einem Stein verschlossen.

Schnell bereitete Diabos einen neuen Fingerhutbrei zu. Denn bald würde die alte Lehrerin auf Jagd gehen. Aber er konnte keine Erdbeeren finden, um den Brei zu verfeinern. Deshalb nahm er Blaubeeren. Die Blaubeeren waren nicht so süß als die Erdbeeren. Dafür färbten sie den grünen Brei allerdings ganz dunkel, fast schwarz. Noch besser dachte Diabos. Diesen schwarzen Brei wird man auf den Hummeln gar nicht erkennen können.

Vorsichtig schob Diabos den Stein über dem Felsenloch ein wenig zur Seite. Die Hummeln drängten sich an das Loch und wollten sogleich raus. Diabos tropfte etwas von dem Brei auf ihre Körper. Da Hummeln einen richtigen Pelz um ihren Bauch tragen, blieb der Brei gut daran hängen.

Hoffentlich können sie mit dem Brei im Pelz noch fliegen, dachte Diabos. Aber es war sowieso ein Wunder, dass Hummeln mit einem so dicken Pelz fliegen konnten. Kein anderes Tier hatte einen so dicken Pelz und flog damit. Jedenfalls starben die Hummeln nicht mit dem Brei im Pelz. Aber sie wurden mächtig nervös und brummten laut in ihrem Loch. Schnell schob Diabos den Stein wieder ganz darüber. In dem Augenblick, wenn die alte Lehrerin aus der Fledermaushöhle kam, wollte er die Hummeln frei lassen. Die alte Hexe würde sich bestimmt gleich die drei Hummeln schnappen. Doch es kam nicht dazu.

Die alte Lehrerin flog wie gewohnt aus der Fledermaushöhle. Schnell schob Diabos den Stein von dem Hummelloch. Aber die Hummeln flogen nicht einfach davon. Wutentbrannt starrten sie Diabos an und stürzten sich auf ihn. Diabos wollte sie anschreien. So etwas tun Hummeln nicht! Hummeln greifen keine Fledermäuse an! Schon riss er sein Maul auf.

Doch kein Wort kam mehr daraus hervor. Eine Hummel flog direkt in seinen Rachen. So tief, dass Diabos sie unwillkürlich verschluckte. Die beiden anderen Hummeln rammten ihren Sta

chel in Diabos Körper. Sie starben dabei, weil Diabos noch wild mit seinen Flügeln um sich schlug und sie tötete, ehe das Gift des Fingerhutbreis in seinem Körper wirkte.

Niemand von den anderen Fledermäusen hatte etwas von Diabos Kampf mitbekommen. Erst als sie spät in der Nacht heim kamen, fanden sie den toten Diabos und neben ihm zwei erschlagene Hummeln mit einem merkwürdigen Brei am Körper.

Inhaltsverzeichnis

Borki will den Winter sehen 5
Drei Eicheln für Paule 13
Der Sturm und die Frösche 19
Der schlaue Maulwurf 28
Mit Vater Fuchs auf Jagd 34
Das Fledermaus-Sportfest 43
Der zufriedene Feldhamster 53
Der Streit 62
Die schöne Elisabeth 73
Immodes mag nur Goldklee 80
Königin Maria macht ein Geschenk 90
Die verfeindeten Igel 98
Der beste Baum im Walde 104
Ein teuflischer Plan 111

Weitere Bücher von Reinhard Staubach

Starnitz
Ein Reise nach Pommern und Ostpreußen
ISBN 978-3-7386-3261-3

Wiedersehen in Lissabon
Erzählungen
ISBN 3-933292-66-2

Ein Kiesel zum Verlieben
Gedichte
ISBN 978-3-7357-1958-4

Dem Licht entgegen (Hg.)
Spirituelle Erlebnisse
ISBN 978-3-7357-8030-0

www.reinhard-staubach.de